[illegible]
Mai 87

rororo rotfuchs
Herausgegeben von Renate Boldt und Gisela Krahl

81.–130. Tausend Januar 1987

Originalausgabe
Veröffentlicht im Rowohlt Taschenbuch Verlag GmbH,
Reinbek bei Hamburg, Dezember 1986

Umschlagillustration Amelie Glienke
rotfuchs-comic Jan P. Schniebel
Umschlagtypographie Manfred Waller

Gesetzt aus der Garamond (Linotron 202)
Gesamtherstellung Clausen & Bosse, Leck
Printed in Germany
680-ISBN 3 499 20435 5

Angela Sommer-Bodenburg

Der kleine Vampir im Jammertal

Bilder von Amelie Glienke

rororo

Rowohlt

Angela Sommer-Bodenburg: geboren 1948 in Reinbek bei Hamburg; Studium der Soziologie und Pädagogik; zwölf Jahre Grundschullehrerin im Hamburger Schuldienst; seit 1984 freischaffende Schriftstellerin; lebt in Prinzenmoor in Schleswig-Holstein. – Veröffentlichungen: «Der kleine Vampir», «Der kleine Vampir zieht um», «Der kleine Vampir verreist», «Der kleine Vampir auf dem Bauernhof» (rotfuchs 216, 245, 297, 325) – gebundene Ausgabe: «Der kleine Vampir. Alle vier Geschichten in einem Band» (Rowohlt 1983); türkisch-deutsche Ausgabe: «Küçük Vampir / Der kleine Vampir» (rotfuchs 453); «Der kleine Vampir und die große Liebe», «Der kleine Vampir in Gefahr» (rotfuchs 389, 401). Gebundene Einzelausgaben: «Der kleine Vampir» Band 1–6 (Wunderlich 1986); «Das Biest, das im Regen kam», «Die Moorgeister», «Der kleine Vampir im Jammertal» (rotfuchs 285, 429, 435); gebundene Ausgabe: «Die Moorgeister» mit farbigen Bildern (Wunderlich 1986); «Wenn du dich gruseln willst» (1984), rotfuchs 459/Juli 87. – «Sarah bei den Wölfen», Lyrikband (1979); «Möwen und Wölfe», Gedichte (Rowohlt 1987); «Ich lieb dich trotzdem immer», Kindergedichte, mit Helme Heine (1982); außerdem Lyrik und Prosa in Zeitschriften, Anthologien und Schulbüchern.

Amelie Glienke: Studium der Malerei und freien Grafik bei Professor Georg Kiefer, Hochschule der Künste in Berlin; arbeitet als Grafikerin, Zeichnerin und (unter dem Namen HOGLI) als Karikaturistin in Berlin und hat zwei Kinder. Sie illustrierte u. a. die «Geschichten ab 3» von Hanne Schüler (rotfuchs 149, 267, 330, 397) und «Hexen hexen» von Roald Dahl (Wunderlich 1986).

Dieses Buch ist für alle, die
morgens im Badezimmer erleichtert ihr
Spiegelbild begrüßen – und natürlich für
Katja und Burghardt.

Angela Sommer-Bodenburg

Die Personen dieses Buches

Anton liest gern aufregende, schaurige Geschichten. Besonders liebt er Geschichten über Vampire, mit deren Lebensgewohnheiten er sich genau auskennt.

Antons Eltern glauben nicht recht an Vampire.

Antons Vater arbeitet im Büro, seine Mutter ist Lehrerin.

Rüdiger, der kleine Vampir, ist seit mindestens 150 Jahren Vampir. Daß er so klein ist, hat einen einfachen Grund: er ist bereits als Kind Vampir geworden. Seine Freundschaft mit Anton begann, als Anton wieder einmal allein zu Hause war. Da saß der kleine Vampir plötzlich auf der Fensterbank. Anton zitterte vor Angst, aber der kleine Vampir versicherte ihm, er habe schon

«gegessen». Eigentlich hatte sich Anton Vampire viel schrecklicher vorgestellt, und nachdem ihm Rüdiger seine Vorliebe für Vampirgeschichten und seine Furcht vor der Dunkelheit gestanden hatte, fand er ihn richtig sympathisch. Von nun an wurde Antons ziemlich eintöniges Leben sehr aufregend: der kleine Vampir brachte auch für ihn einen Umhang mit, und gemeinsam flogen sie zum Friedhof und zur Gruft Schlotterstein. Bald lernte Anton weitere Mitglieder der Vampirfamilie kennen:

Anna ist Rüdigers Schwester – seine «kleine» Schwester, wie er gern betont. Dabei ist Anna fast so stark wie Rüdiger, nur mutiger und unerschrockener als er. Auch Anna liest gern Gruselgeschichten.

Lumpi der Starke, Rüdigers großer Bruder, ist ein sehr reizbarer Vampir. Seine mal hoch, mal tief krächzende Stimme zeigt, daß er sich in den Entwicklungsjahren befindet. Schlimm ist nur, daß er aus diesem schwierigen Zustand nie herauskommen wird, weil er in der Pubertät Vampir geworden ist.

Tante Dorothee ist der blutrünstigste Vampir von allen. Ihr nach Sonnenuntergang zu begegnen, kann lebensgefährlich werden.

Die übrigen Verwandten des kleinen Vampirs lernt Anton nicht persönlich kennen. Er hat aber ihre Särge in der Gruft Schlotterstein gesehen.

Friedhofswärter Geiermeier macht Jagd auf Vampire.

Schnuppermaul kommt aus Stuttgart und ist Friedhofsgärtner.

Inventur

Es war der siebte Dezember, ein grauer, trister Tag. Und genauso düster und trübselig war Antons Stimmung. Er saß am Schreibtisch, hatte die Lampe eingeschaltet und starrte mißmutig auf den leeren weißen Bogen, der vor ihm lag.

Seine Mutter hatte ihm den Tip gegeben, einen Wunschzettel für Weihnachten zu schreiben – als Mittel gegen seine schlechte Laune, wie sie gemeint hatte.

Aber Anton freute sich kein bißchen auf Weihnachten, und der Gedanke an einen geschmückten Tannenbaum, unter dem Geschenke lagen, an eine gemütliche Weihnachtsfeier mit leckerem Essen und mit Spielen bereitete ihm nur Magenschmerzen.

Anna und Rüdiger, seinen besten Freunden, stand vielleicht das schlimmste Weihnachtsfest ihres – ähem – Lebens bevor, und dann konnte Anton unmöglich vergnügt sein und feiern!

Mit zittriger Hand schrieb er:

Ich wünsche mir, daß Anna und Rüdiger zurückkommen. Sie sollen wieder in ihre alte Gruft einziehen. Und Geiermeier und Schnuppermaul sollen versetzt werden – auf einen Friedhof am anderen Ende der Welt!

Als er das geschrieben hatte, fühlte er sich schon etwas besser. Er ging an den Schrank und suchte unter seinen Pullovern nach dem alten, löchrigen Vampirumhang, den Anna ihm zum Abschied gegeben hatte.

«Der bleibt bei dir», hatte sie gesagt, «damit wir uns nicht verlorengehen.»
Seitdem waren schon viele Wochen vergangen, und Anton hatte sie erst ein einziges Mal wiedergesehen. Das war am Abend nach dem Umzug der Vampire ins Jammertal gewesen. Anna war in großer Eile gewesen und hatte ihm nur berichtet, alles wäre gut verlaufen und sie wohnten jetzt in einem Seitenflügel der Ruine.
Es klopfte.
Erschrocken richtete Anton sich auf.
«Was ist?» rief er unwirsch. «Ich bin noch nicht fertig mit dem Wunschzettel.»
Doch statt einer Antwort wiederholte sich das Klopfen, und jetzt merkte Anton, daß es nicht von der Tür kam. Jemand klopfte an sein Fenster, leise und vorsichtig.
«Anna!»
Mit einem erstickten Aufschrei lief Anton ans Fenster und riß den Vorhang so heftig zur Seite, daß die Vase mit den getrockneten Blumen krachend zu Boden fiel.
Aber die schwarzgekleidete Gestalt dort draußen war nicht Anna. Auf dem Fenstersims saß Rüdiger, der kleine Vampir, und musterte Anton mit einem freundlichen Grinsen, bei dem er seine spitzen, kräftigen Eckzähne entblößte.
Der Anblick der messerscharfen Vampirzähne, verbunden mit der Enttäuschung, daß es doch nicht Anna war, ließ Anton wie erstarrt dastehen. Währenddessen pochte der Vampir ungeduldig an den Holzrahmen.
«He, mach auf! Oder soll ich hier festfrieren?» rief er mit dumpfer Stimme.
«Nein!» Verlegen öffnete Anton den Riegel, und der kleine Vampir kletterte ins Zimmer.

Er hatte tiefe Schatten unter den Augen, und seine Lippen waren schmal und blaß, richtig – blutlos!
Anton spürte, wie ihn ein Schauer überlief. Rüdiger war doch nicht etwa zu ihm gekommen, um ...
«Keine Sorge», sagte der Vampir heiser. «Ich will nur den Umhang holen.»
«Den Umhang?»
«Tante Dorothee hat beschlossen, Inventur zu machen.»
«Inventur?»
«Ja. Ungefähr alle fünf Jahre kommt sie auf die Idee, unsere Habseligkeiten zu zählen. Diesmal will sie allerdings schon nach zwei Jahren Inventur machen – weil wir umgezogen sind.»
«Und was wird da gezählt?»
«Alles! Unsere Särge, die Kuscheldecken, die Kopfkissen, die Umhänge, die Regenhäute, die Strumpfhosen, die Schuhe, der Familienschatz, die Kerzen, die Streichhölzer ...»
«Die Streichhölzer auch?» rief Anton entrüstet. «Da könnt ihr euch ja dumm und dämlich zählen!»
«Eben!» sagte der Vampir und seufzte. «Und dann trägt Tante Dorothee alles in Listen ein, und wehe, wenn etwas fehlt! Bei der letzten Inventur konnte Lumpi seine Kuscheldecke nicht vorzeigen. Er hatte sie verliehen und wußte nicht mehr, an wen. Tante Dorothee hat keine Ruhe gegeben, bis er seine Kuscheldecke wiedergefunden hatte. Sie war übrigens bei Waldi dem Bösartigen.
Ja, und genau wie Tante Dorothee macht Anna es jetzt mit mir!» fuhr er voller Ingrimm fort.
«Anna? Wieso?»
«Ihretwegen mußte ich die ganze Strecke vom Jammertal

bis hierher fliegen – und nur, weil sie so dusselig war, den Umhang von Onkel Theodor bei dir zu lassen!»
«Dusselig?» protestierte Anton. «Ich finde, es war sehr nett von ihr.»
Der kleine Vampir schnaubte verächtlich. «Anna macht sich beliebt, und ich habe die Arbeit und den Ärger!»
«Warum ist Anna nicht selbst gekommen?» fragte Anton.
«Willst du das wirklich wissen?» entgegnete der Vampir und grinste.
«Ja!»
«Also gut: es ist beruflich bedingt.»
«Beruflich bedingt?»
«Nun ja ...» Der Vampir hüstelte. «Die Umstellung macht ihr noch zu schaffen.»
«Die Umstellung aufs Jammertal?»
«Die auch!»
Anton verstand noch immer nicht, was er meinte. «Was denn sonst?»
Rüdiger sah ihn an und lachte spöttisch. «Speis und Trank, Dracula sei Dank!» sagte er.
Plötzlich begriff Anton, welche Umstellung Anna, die bis vor kurzem nur Milch getrunken hatte, durchmachen mußte.
Er wurde aschfahl.
Der kleine Vampir beobachtete ihn amüsiert. «Hast du es nun kapiert?»
«Ja», stammelte Anton.
«Gut. Dann gib mir jetzt endlich den Umhang! Oder hast du ihn etwa nicht mehr?»
«Doch –»
Auf unsicheren Beinen ging Anton zum Schrank und holte den Umhang. Als er den rauhen Stoff berührte, mußte er

wieder an Anna denken – und wie liebevoll der Abschied gewesen war. Sollte er sich wirklich von dem Umhang trennen?
«Anna hat gesagt, ich soll ihn behalten», begann er zögernd, «als Pfand, daß wir uns wiedersehen.»
«Dann brauchst du ja nur zu warten, bis sie dich besuchen kommt», erwiderte der Vampir und knackte bedeutungsvoll mit seinen langen Eckzähnen.
Anton überlief es eiskalt. «Du bist gemein!» sagte er wütend.
«Nein, nur hungrig», antwortete der Vampir, und mit einer raschen Bewegung entriß er Anton den Umhang.
Geschmeidig stieg er aufs Fensterbrett. «Bis bald, Anton!» sagte er und flog davon.
Anton stürzte ans Fenster. «Wann?» rief er dem Vampir hinterher, aber Rüdiger gab keine Antwort mehr. Anton sah ihn immer kleiner werden, bis er in der Dunkelheit verschwunden war.

Der Wunschzettel

Wieder klopfte es, aber diesmal an der Zimmertür. Anton schaffte es gerade noch, das Fenster zu schließen, bevor seine Mutter hereinkam.
«Na, Anton», sagte sie und warf einen neugierigen Blick auf den Schreibtisch. «Bist du mit deinem Wunschzettel fertig?»
Dann stutzte sie. «Es riecht hier wieder so – so säuerlich!»

Anton machte ein finsteres Gesicht. «Ich bin ja auch sauer! Alle fünf Minuten kommst du und willst was von mir!»
«Hast du denn schon ein paar Wünsche aufgeschrieben?» fragte sie und trat an den Schreibtisch.
«He, du darfst den Zettel nicht lesen!» rief Anton – aber zu spät.
«Ich wünsche mir, daß Anna und Rüdiger zurückkommen», las sie halblaut vor. «Sie sollen wieder in ihre alte Gruft einziehen ...»
Weiter kam sie nicht, weil Anton den Zettel packte, ihn zusammenknüllte und in die Hosentasche stopfte.
Mit großen, erstaunten Augen musterte sie ihn. «*Das* soll dein Wunschzettel sein, Anton?»
Dann lachte sie. «Nein, das ist nur ein Scherz von dir! Du hast in Wirklichkeit ganz normale Wünsche – wie alle Jungen in deinem Alter!»
«So, glaubst du?» sagte Anton. «Soll ich dir verraten, was ich mir wünsche?»
Sie nickte.
«Ich wünsche mir unsichtbare Tinte – und endlich wieder einen Schlüssel für meine Tür!»
Einen Augenblick lang war seine Mutter sprachlos.
Dann entgegnete sie kühl: «Du weißt, daß Vati und ich unsere Zimmer nie abschließen. Also brauchst *du* auch keinen Schlüssel!»
Damit rauschte sie aus dem Zimmer.
«Normale Wünsche – wie alle Jungen in deinem Alter!» machte Anton sie nach. «Wenn ich das schon höre!»
Er setzte sich an den Schreibtisch, nahm einen neuen Bogen und schrieb:

Wunschzettel von Anton von Bohnsack dem Grimmigen

Ich wünsche mir:
einen echten Vampirumhang
ein Vampirgebiß (vom Zahnarzt)
eine schwarze Wollstrumpfhose, die nicht kratzt
schwarze Bettwäsche
schwarze Kerzen mit Kerzenständer
Vampirbücher, mindestens zehn
– und einen Sarg

Er machte noch ein Ausrufezeichen hinter «und einen Sarg». Dann stand er befriedigt auf, um seinen Eltern den Zettel zu bringen.
Wie Anton erwartet hatte, geriet seine Mutter ziemlich aus der Fassung, als sie die Wünsche las.
«Nur gut, daß wir morgen den Termin beim Psychologen haben!» sagte sie und warf Anton einen unheilverkündenden Blick zu.
«Was? Beim Pickelogen?» schrie Anton auf. «Etwa mit mir?»
Sein Vater lachte gutmütig. «Nein, nur Mutti und ich.»
«Aber deinen Wunschzettel werde ich Herrn Schwartenfeger auf jeden Fall zeigen!» sagte sie.
Anton grinste nur. Vor dem, was der Pickeloge sagen mochte, fürchtete er sich nicht.
«Vielleicht will sich Herr Schwartenfeger am Geschenk beteiligen», meinte er. «Särge sollen ja sehr teuer sein.»
Seine Mutter sah ihn mit erboster Miene an. «Wenn du so weitermachst, feiern wir dieses Jahr überhaupt nicht!»
«Von mir aus!» erwiderte Anton. «Mir ist sowieso nicht danach zumute.»

Eine schöne Bescherung

Aber trotz der Drohung seiner Mutter nahmen die Vorbereitungen für Weihnachten ihren Lauf – genau wie in all den Jahren zuvor.
Antons Vater backte Honigplätzchen – garantiert ohne Zucker, wie er versicherte. Antons Mutter holte die Weihnachtskiste aus dem Keller und hängte überall in der Wohnung Sterne, Engel und Glaskugeln auf. Sogar ins Badezimmer, auf den Wasserkasten vom Klo stellte sie eine hölzerne Krippe – und jedesmal wenn Anton die Spülung benutzte, fielen sämtliche Esel, Schafe und Hirten um.
Seltsam war nur, daß seine Eltern nicht wieder auf den Wunschzettel zu sprechen kamen – als steckte ein Plan dahinter; ein Plan, den sie möglicherweise zusammen mit dem Psychologen ausgeheckt hatten ...
Insgeheim bereute Anton es, nicht auch noch ein paar andere Wünsche notiert zu haben. Zum Beispiel brauchte er dringend neue Turnschuhe, und ein neuer Turnanzug wäre auch nicht schlecht. Und in einem Geschäft hatte er eine tolle Daunenjacke gesehen und schwarze Jeans mit roten Nähten ...
Aber wie die Dinge nun einmal standen, blieb ihm gar nichts anderes übrig, als – sich überraschen zu lassen!

Und so kam der 24. Dezember. Am Vormittag, als Anton in seinem Zimmer saß und eine Weihnachtskarte für seine Eltern bastelte, spürte er doch eine gewisse Vorfreude. Und während er Engel mit winzigen, kaum sichtbaren Vampirzähnen malte, dachte er darüber nach, was für Geschenke er wohl bekommen würde.

Vielleicht Vampirbücher?
Oder schwarze Bettwäsche?
Jedenfalls keinen Sarg, davon war Anton überzeugt.
Dabei stellte er es sich sehr aufregend vor, in einem Sarg zu liegen und beim Schein einer Kerze Vampirbücher zu lesen! Es gab doch auch sehr hübsche Särge – oder? Aber Erwachsene hatten eben ein gestörtes Verhältnis zu Vampiren und Särgen und allem, was damit zusammenhing!
Als es am Nachmittag zu dämmern begann, wurde Anton ins Wohnzimmer gerufen. Jetzt war er doch aufgeregt, und mit Herzklopfen stand er vor dem Tannenbaum, unter dem viele Päckchen und Pakete lagen – sorgsam eingewikkelt, so daß sich ihr Inhalt nur erahnen ließ.
Ein großes Paket sah besonders vielversprechend aus: als würde es eine Daunenjacke enthalten.
Erwartungsvoll zog Anton an dem viel zu festen Band, mit dem es verschnürt war.
Sein Vater unterbrach ihn: «Am besten, du guckst zuerst in den Briefumschlag!»
«Die Post lese ich nachher», erwiderte Anton.
«Aber es ist ein Geschenk drin!» sagte Antons Mutter.
«Ein Geschenk?» Freudig überrascht griff Anton nach dem schlichten weißen Umschlag. Was für ein Geschenk konnte in einem Briefumschlag sein außer – Geld.
Er hatte zwar noch nie von seinen Eltern Geld zu Weihnachten bekommen, aber anscheinend hatten sie ihre Meinung geändert. Und Geld konnte Anton immer gebrauchen!
Doch an Stelle der erwarteten Geldscheine zog Anton einen Brief aus dem Umschlag. In der Handschrift seines Vaters stand dort:

Gutschein für einen Aktiv-Urlaub
Einzulösen in den Frühjahrsferien

«Ein Gutschein?» fragte Anton ungläubig und versuchte gar nicht erst, seine Enttäuschung zu verbergen. «Und ich dachte, es wäre Geld!»
«Geld?» Seine Mutter schnappte entrüstet nach Luft. «Wir gehören nicht zu den Eltern, die ihren Kindern Geld schenken!»
Anton warf ihr aus den Augenwinkeln einen finsteren Blick zu. «Leider!»
«Weißt du überhaupt, was das ist: ein Aktiv-Urlaub?» fragte Antons Vater.
Anton schüttelte den Kopf. «Aber ich kann's mir schon denken», knurrte er. «Schnürschuhe anziehen und wandern – genau wie bei dem blöden Urlaub in Klein-Oldenbüttel.»
Sein Vater lachte. «Ein Aktiv-Urlaub hat nicht unbedingt etwas mit Wandern zu tun. Man könnte auch sagen: es ist ein Abenteuer-Urlaub!»
«Abenteuer?» wiederholte Anton mißtrauisch.
Was konnten das schon für Abenteuer sein! Wahrscheinlich angeln, Vögel beobachten und nachts den Mond anstarren …
«Abenteuer-Urlaub, das heißt Urlaub abseits der eingefahrenen Gleise», erklärte sein Vater.
«Wie – mit der Bahn fahren wir auch?» fragte Anton wenig begeistert. Er zog es vor, mit dem Auto zu verreisen!
«Nein – oder doch. Mit den eingefahrenen Gleisen meine ich etwas anderes –» Sein Vater zögerte, bevor er mit feierlicher Stimme fortfuhr: «Etwas Neues erleben, den Alltag hinter sich lassen, Mut zum Risiko!»

Anton zog die Brauen zusammen. «Ich verstehe kein Wort!»
«Am besten, du packst die Pakete aus», sagte Antons Mutter. «Dann weißt du, was Vati meint.»
«Die Pakete haben auch mit diesem – diesem Gutschein zu tun?» rief Anton empört.
Doch statt einer Antwort lächelten seine Eltern nur.
«Das ist ja eine schöne Bescherung!» sagte Anton, und mit einem langen Gesicht machte er sich ans Auspacken.
Nachdem Anton alle Pakete und Päckchen ausgewickelt hatte, wußte er tatsächlich, welche Art von Abenteuer-Urlaub ihm bevorstand.
«Zelten!» sagte er und seufzte.
«Freust du dich nicht?» fragte sein Vater verwundert.
«Na ja –» Unschlüssig betrachtete Anton die Geschenke. Das Zelt sah ziemlich geräumig aus, der Schlafsack war weich gepolstert, und mit dem Fahrtenmesser konnte man sicherlich tolle Sachen schnitzen. Und nachts mit der Taschenlampe auf Entdeckungstour zu gehen, stellte Anton sich auch ganz interessant vor.
Aber zusammen mit seinen Eltern ... Bestimmt würden sie morgens lange schlafen und ihre Ruhe haben wollen, und dann würden sie spazierengehen und sich endlos unterhalten ...
«Zelten finde ich nicht sehr abenteuerlich», brummte er.
«Und warum nicht?» erkundigte sich sein Vater.
«Wahrscheinlich, weil keine Vampire dabei sind!» bemerkte Antons Mutter giftig.
«Ja, genau!» bestätigte Anton ebenso giftig – und während er das sagte, durchzuckte ihn auf einmal ein Gedanke. Wie wäre es, wenn sie ihren Zelturlaub ... im Jammertal machen würden?

«Wo wollt ihr überhaupt zelten?» fragte er und glaubte, seinen Ohren nicht trauen zu können, als sein Vater antwortete: «Den Ort darfst du dir aussuchen.»
«Ich darf mir den Ort wirklich selbst aussuchen?» rief er.
«Ja! Der Aktiv-Urlaub ist übrigens eine Idee von Herrn Schwartenfeger», erklärte sein Vater, «als Behandlung sozusagen, damit du nicht immer nur an Vampire denkst.»
«Als Behandlung? Damit ich nicht immer nur an Vampire denke?» sagte Anton und kicherte in sich hinein. Das war tatsächlich eine Super-Idee von Herrn Super – äh, Schwartenkleber!
«Ich weiß gar nicht, was daran so lustig sein soll», meinte Antons Mutter spitz.
«Ach», tat Anton unschuldig, «ich freu mich nur ... auf den Urlaub!»
Und das stimmte auch. Anton freute sich sogar doppelt: auf den Urlaub mit Zelt und Schlafsack – und vor allem natürlich auf ein Wiedersehen mit den Vampiren!

Noch ein Geschenk

Nach dem traditionellen Weihnachtsessen – bei Anton gab es zu Weihnachten immer Ente à la Bohnsack – verzog Anton sich in sein Zimmer und blätterte in dem neuen Buch, das er bekommen hatte.
Es trug den Titel «Urlaub bei Mutter Natur» und verhieß unter Überschriften wie «Spuren lesen, aber richtig» oder «Feuer machen, aber wie» oder «Essen, aber was» nichts als pure Langeweile.

Mit den verächtlichen Worten «Lesen, aber die richtigen Bücher!» ließ Anton es im Bücherregal verschwinden.
Dann setzte er sich an den Schreibtisch, schlug seinen Schulatlas auf und suchte mit klopfendem Herzen nach einer Karte vom Jammertal.
Auf einmal hörte er ein Pochen am Fenster.
Damit hatte Anton am allerwenigsten gerechnet! Hastig stand er auf, lief zum Fenster und schob den Vorhang zur Seite.
Eine kleine Gestalt saß dort draußen, aber sie sah so fremd aus, daß Anton im ersten Moment starr vor Schreck war.
Dann allmählich begriff er, daß das Wesen mit dem merkwürdigen Hut und dem schwarzen Schleier, der bis zur Nasenspitze reichte – Anna sein mußte!

Verwirrt öffnete er das Fenster, und Anna kam ins Zimmer geklettert – langsam und vorsichtig, wie es gar nicht ihre Art war. Anton erschrak. Ob sie etwa verletzt war?
Doch als sie vor ihm stand, erkannte Anton den Grund: sie trug neue Schuhe, altmodische Stiefeletten mit hohen Absätzen, und an Stelle ihrer löchrigen Wollstrumpfhose dünne schwarze Seidenstrümpfe. Deshalb mußte sie sich so vorsichtig bewegen: um die Stiefeletten nicht zu verlieren!

Jetzt schlug sie mit einer anmutigen Bewegung den Schleier zurück und schaute ihn lächelnd an.
«Guten Abend, Anton!»
«Hallo, Anna», sagte Anton und spürte, wie er rot wurde.
Auch Annas Wangen hatten sich gerötet. «Ich mußte einfach kommen!» sagte sie. «Schließlich ist heute Weihnachten, das Fest der Liebe.»
Und indem sie besorgt zur Tür sah, fragte sie: «Sind deine Eltern da?»
Er nickte. «Ja. Aber sie sehen fern – Weihnachtsprogramm.»
«Ach so.» Sie seufzte erleichtert. «Ich habe ein kleines Geschenk für dich.»
Damit holte sie unter ihrem Umhang ein schmales, in Geschenkpapier eingeschlagenes Päckchen hervor und reichte es Anton.
«Aber ... ich habe gar nichts für dich», sagte er verlegen.
«O doch!» erwiderte sie. «Daß es dich gibt und daß ich immer zu dir kommen kann – damit bin ich genug beschenkt!»
Anton schlug betreten die Augen nieder. Er war so rot geworden, daß sein Gesicht richtig glühte.
«Willst du es nicht aufmachen?» fragte Anna sanft.
«D-doch.»
Mit zitternden Fingern löste er das Papier.
Eine kleine Flasche, wie man sie für Parfüm verwendet, kam zum Vorschein. Aber das Etikett war abgerissen und durch ein neues, handgeschriebenes ersetzt worden.
Anton strengte sich an, um die Aufschrift zu entziffern.
«M-u-f-t-i E-w-i-g-e L-i-e-b-e», las er.
«Mufti Ewige Liebe?» wiederholte er und sah Anna fragend an.

Sie nickte verschämt. «Ich habe es für uns gemischt», flüsterte sie. «Niemand auf der ganzen Welt wird so duften, nur du und ich!»
«Duften?» sagte Anton mit berechtigtem Zweifel; denn er konnte sich nur allzugut an den stechenden, Übelkeit erregenden Geruch anderer Vampir-Parfüms erinnern.
«Hast du es schon benutzt?» fragte er.
«Wie könnte ich!» erwiderte sie heftig. «Wir werden es zusammen benutzen, hier bei dir!
Es hat eine ganz besondere Wirkung!» fügte sie geheimnisvoll hinzu.
«Eine ganz besondere Wirkung?» Anton, der gerade dabei war, den Verschluß aufzuschrauben, hielt betroffen inne.
«Etwa, daß ich auch ...»
Er zögerte, den schrecklichen Verdacht auszusprechen.
Doch Anna hatte ihn auch so verstanden.
«Nein, natürlich nicht!» sagte sie mit mildem Tadel in der Stimme. «Durch ein Parfüm könntest du niemals Vampir werden! – Nicht mal durch Mufti Ewige Liebe», ergänzte sie mit einem kleinen bedauernden Lächeln. «Die Wirkung ist eine andere.»
«Und welche?» fragte Anton, noch immer mißtrauisch.
«Daß wir uns nie mehr einsam fühlen», antwortete sie schlicht. «Und jetzt mach die Flasche endlich auf!»

Leben? Schön wär's!

Widerstrebend öffnete Anton den Schraubdeckel. Innerlich hatte er sich schon darauf eingestellt, daß er gleich etwas Ekliges, Scheußliches riechen würde. Um so mehr war er überrascht, als dem Fläschchen ein schwerer süßlicher Duft entströmte.

«Gefällt dir Mufti Ewige Liebe?» hörte er Anna flüstern.

«Ja», sagte Anton verwundert. «Es – es riecht nach Rosen!»

Anna kicherte. «Es sind ja auch Rosen – Friedhofsrosen. Ich habe nur die Blütenblätter von roten Rosen gesammelt, weil Rot die Farbe der Liebe ist!»

«Die Farbe der Liebe?» wiederholte Anton argwöhnisch. Für Rüdiger hatte Rot eine ganz andere Bedeutung, nämlich – Blut! Er schauderte.

Anna schien seine Gedanken erraten zu haben. «Du glaubst, wir würden bei Rot immer nur an das eine denken!» sagte sie angriffslustig. «Aber das stimmt nicht. Wir sind nicht alle gleich, genausowenig wie ihr Menschen! Und damit du's weißt: Ich will überhaupt kein richtiger Vampir mehr werden!»

«Nicht? Aber – du kriegst doch Vampirzähne!»

«So, meinst du?»

Mit einem triumphierenden Lachen entblößte sie ihr makellos weißes Gebiß, und zu seiner grenzenlosen Verblüffung sah Anton, daß Annas Eckzähne noch immer ziemlich kurz und stumpf waren.

«Wie – wie ist das möglich?» staunte er. «Du hast selbst gesagt, du würdest Vampirzähne kriegen. Und daß du

einen Schnuller tragen mußt, damit deine Eckzähne lang und spitz werden.»
«Erinnere mich nicht an den Schnuller!» erwiderte sie hoheitsvoll. «Den habe ich weggeschmissen. Wenn ich kein richtiger Vampir werden will, brauche ich auch keine Vampirzähne!
Und außerdem versuche ich, wieder Milch zu trinken», setzte sie hinzu, «allerdings verdünnte.»
«Das geht?»
Anna reckte ihr Kinn und machte ein sehr entschlossenes Gesicht. «Man muß es nur fest genug wollen!»
Anton starrte sie sprachlos an.
Da änderte sich ihre Miene, und indem sie Anton liebevoll zulächelte, sagte sie: «Und vor allem muß man wissen, für wen man es tut!»
Anton war so verwirrt, daß er gar nicht wußte, was er antworten sollte.
«Ich habe mir alles genau überlegt», hörte er Anna fortfahren. «Wenn du kein Vampir werden willst, dann will ich auch kein Vampir werden – jedenfalls kein richtiger!»
Sie sagte das so natürlich und ungezwungen, als spräche sie über die einfachste Angelegenheit der Welt.
Anton dagegen hatte schon beim Zuhören rote Ohren bekommen.
In seiner Verlegenheit nahm er einige Tropfen von Mufti Ewige Liebe und verstrich sie auf dem Handrücken.
«O ja, ich auch!» rief Anna lebhaft. «Ich möchte genauso duften wie du!»
Anton reichte ihr die Flasche, und sie beträufelte ihren Umhang und den merkwürdigen runden Hut mit dem Parfüm. Ein fast unerträglich starker Rosenduft breitete sich im Zimmer aus.

«Und was sagen die anderen Vampire dazu?» fragte Anton mit rauher, gepreßter Stimme.
«Oh, die werden den Duft abscheulich finden», antwortete Anna lachend. «Und für meine Nase ist er, ehrlich gesagt, auch etwas – ungewohnt!»
«Nein, das Parfüm meine ich nicht», erwiderte Anton, «sondern die Sache mit dem Schnuller und den Vampirzähnen.»
Anna blickte ihn mit einem schelmischen Lächeln an. «Die wären außer sich – wenn sie es wüßten! Aber ich bin schlau genug, es sie nicht merken zu lassen. Rüdiger zum Beispiel denkt, ich wäre tapsig und ungeschickt beim – ähem – Anschleichen und würde deshalb nichts fangen. Was er nicht weiß: daß ich gar nichts fangen will!»
«Und Tante Dorothee?» fragte Anton beklommen. «Hat die noch nichts gemerkt?»
«Sie wollte mir schon Unterricht geben, wie damals bei Olga.» Anna kicherte. «Aber ich habe gesagt, ich müßte es alleine schaffen, aus eigener Kraft. – Und das werde ich auch», fügte sie hinzu. «Nur wissen Tante Dorothee und die anderen nicht, was ich schaffen will!»
«Und – wovon lebst du?» fragte Anton und spürte, wie sein Herz schneller schlug.
Anna sah so zart und zerbrechlich aus, und ihr Gesicht schien ihm noch schmaler und blasser geworden zu sein.
«Leben?» Sie kicherte. «Schön wär's ...»
«Ich meine: wovon ernährst du dich», verbesserte sich Anton hastig.
«Ach, von vielem», antwortete sie unbestimmt. «Machst du dir Sorgen um mich?»
Anton schluckte. «Ich dachte, vielleicht kann ich dir irgendwie helfen.»

«Du kannst mir helfen – wenn du nur genauso fest daran glaubst, daß ich es schaffen werde ...»
«Aber das tue ich doch schon!»
«... und indem du mich öfter besuchen kommst, jetzt wo ich nicht so – ähem – kräftig bin wie sonst.»
«Ich – ich hab ja den Vampirumhang nicht mehr», wandte Anton ein. «Rüdiger hat ihn mir wieder abgenommen.»
«Ich weiß», sagte Anna. «Aber wenn die Inventur vorbei ist, kann er ihn dir zurückbringen.»
«Und wann ist die Inventur?»
«Am 31. Dezember.»
«Ausgerechnet Silvester?»
«Silvester darf kein Vampir die Gruft verlassen.»
«Nicht? Aber – dann könnt ihr doch überhaupt keine Knallkörper werfen!»
«Knallkörper?» rief Anna schrill, und ihre Augen funkelten zornig. «Sprichst du von diesen gräßlichen Dingern, die zischen und krachen? Eins dieser – Geschosse ist schuld daran, daß Ute die Gute elend umkommen mußte! Es traf sie in der Luft, ihr Umhang fing Feuer, sie stürzte ab und –» Anna schluchzte – «verbrannte! Arme Ute!»
«Sie ist verbrannt?» sagte Anton betroffen. Für ihn war die Silvesterknallerei bisher immer nur ein Riesenspaß gewesen, und er hatte nie daran gedacht, daß sie für Vampire gefährlich werden könnte.
«Ihr habt es ganz schön schwer», meinte er teilnahmsvoll. «Nicht mal Silvester könnt ihr feiern!»
Doch Anna machte gar kein so trauriges Gesicht. «Wie man's nimmt», antwortete sie.
«Jedenfalls hätte ich *dich* niemals kennenlernen können, wenn ich nicht ...» Sie ließ den Satz unvollendet, aber Anton hatte auch so verstanden, was sie meinte.

Er spürte, wie er eine leichte Gänsehaut bekam. Annas Worte hatten ihn daran erinnert, daß sie ja schon vor über hundert Jahren – Vampir geworden war! Nein, darüber wollte er besser nicht nachdenken!
«Übrigens, in den Frühjahrsferien komme ich ins Jammertal!» brachte er das Gespräch schnell auf ein anderes Thema.
«Du kommst ins Jammertal?» sagte sie freudig.
«Ja, mit meinen Eltern – zum Zelten.»
«Zelten? Wohnt ihr dann in einem dieser kleinen Stoffhäuser, die so gemütlich aussehen?»
Anton nickte. «Meine Eltern wollen nämlich Aktiv-Urlaub machen», erklärte er. «Und ich durfte mir aussuchen, wo wir hinfahren.»
«Aktiv-Urlaub? Was ist das?»
«Man soll selbst aktiv werden, Feuer machen, Essen koche, die Gegend erkunden und so –»
«Das klingt gut!» meinte Anna. «Dann kannst du immer nach Sonnenuntergang aktiv werden und mit mir auf Schatzsuche gehen.»
«Auf Schatzsuche?»
«Ja! Ich verstecke mich, und du mußt mich, deinen Schatz, suchen!» Sie kicherte.
Anton wandte sich verlegen ab. Daß Anna immer so – direkt sein mußte!
«Aber es gibt auch noch andere Schätze», hörte er sie sagen. «Diese Schuhe zum Beispiel und die Strümpfe und den Hut – die habe ich in einem riesigen Schrank im Keller gefunden. Für dich sind auch noch Sachen dabei!»
Sie streifte die Stiefeletten ab und steckte sie unter ihren Umhang. Nun stand sie auf Strümpfen vor Anton und kam ihm noch zarter und zerbrechlicher vor.

«Die Schuhe gehörten früher einem Burgfräulein», erklärte sie. «Mir sind sie leider etwas zu groß, besonders beim Fliegen.»
Leichtfüßig kletterte sie aufs Fensterbrett.
«Du – du willst schon gehen?» fragte Anton bestürzt.
«Gehen? Nein!» Sie lächelte, und mit einer zärtlichen Bewegung strich sie über ihren alten, zerschlissenen Umhang. «Möchtest du denn, daß ich bleibe?»
«Ja –»
«Das ist lieb von dir! Aber ich habe mich schon zu lange aufgehalten. Sag mir nur noch schnell, wann du ins Jammertal kommst!»
«Wann? Da muß ich erst nachgucken», antwortete Anton verlegen und kramte unter seinen Heften und Büchern. Nach kurzem Suchen hatte er den Kalender gefunden, in dem die Ferientermine standen.
«Hier!» sagte er. «Der erste Ferientag ist der 20. April.»
«Der 20. April?» Anna kicherte. «Am 21. April hat Tante Dorothee ihren Vampirtag!»
«Ausgerechnet am 21. April?» rief Anton erschrocken. «O je ...»
Tante Dorothees Vampirtag – das war der Tag, an dem sie Vampir geworden war.
Doch Anna beruhigte ihn. «Deswegen brauchst du dir keine Sorgen zu machen», sagte sie. «An ihrem Vampirtag ist Tante Dorothee völlig harmlos. Da zieht sie ihr über einhundertfünfzig Jahre altes Hochzeitskleid an, bindet ihre Goldketten um und legt sich in den Sarg. Und dann denkt sie die ganze Nacht an Onkel Theodor und spricht mit ihm.»
«Sie spricht mit Onkel Theodor? Aber der ist doch längst ...» Anton scheute sich, das Wort ‹tot› auszuspre-

chen. Außerdem paßte es nicht zu dem tragischen Ende von Onkel Theodor; ihm hatte der Friedhofswärter Geiermeier mit einem Holzpflock das Herz durchbohrt – brrr!
«Sie spricht ja auch nicht wirklich mit Onkel Theodor», antwortete Anna, «sondern nur – geistig!»
Und indem sie Anton mit großen, leuchtenden Augen ansah, fügte sie hinzu: «Wahre Liebe endet eben nicht – niemals!»
Anton hatte das Gefühl, rot – blutrot – zu werden. Hastig wandte er sich ab.
«Leb wohl, Anton», hörte er Anna sagen. «Und bis bald.»
«Warte!» rief er. «Wann sehen wir uns – und wo?»
«Komm am 21. April zur Ruine», antwortete sie. «Wir treffen uns in dem alten, verwilderten Garten bei den Haselsträuchern – dort, wo sich Tante Dorothee versteckt hatte, als der Vampirball war.»
Schon breitete sie die Arme unter ihrem Umhang aus, da fiel ihr noch etwas ein.
«Wie lange dauern solche – Frühjahrsferien? Bis zum Sommeranfang?»
«Nein, nur zwei Wochen.»
«Nur zwei Wochen?» Für einen Moment wirkte sie sehr enttäuscht. Doch dann lächelte sie wieder.
«Zwei Wochen können auch sehr schön sein!» sagte sie mit fester Stimme. «Es kommt nur darauf an, was wir daraus machen!»
Und mit einem letzten innigen Blick auf Anton flog sie davon.
Was *wir* daraus machen? dachte Anton zweifelnd. Anna schien vergessen zu haben, daß er in Begleitung seiner Eltern sein würde ...

Eine ganz unerwartete Wendung

Doch dann, vierzehn Tage bevor die Frühjahrsferien anfingen, erklärte Antons Mutter plötzlich, sie würde am liebsten nicht mit in den Urlaub fahren. Anton blieb vor Überraschung der Bissen im Hals stecken, und er mußte fürchterlich husten.

«Wieso denn?» fragte er, als er sich wieder erholt hatte.

Und während er das sagte, überstürzten sich in seinem Kopf die Gedanken. Urlaub ohne seine Mutter bedeutete, daß er sich viel freier bewegen konnte, daß er nicht über alles Rechenschaft abzulegen brauchte, und vor allem: daß er sich viel ungezwungener mit Anna und Rüdiger treffen könnte; denn sein Vater glaubte ja nicht an Vampire!

Anton mußte sich auf die Zunge beißen, um seine Mutter nicht merken zu lassen, wie begeistert er von dieser ganz unerwarteten Wendung war.

«Ach», hörte er seine Mutter sagen, «ich fürchte, für mich ist das alles zu – rustikal!»

«Rustikal? Was heißt das ?»

«Nun – ich habe eben gern meine heiße Dusche, morgens nach dem Aufstehen, meinen Kaffee, mein weichgekochtes Ei, und ehrlich gesagt, ich schlafe auch lieber in einem Bett als in einem Schlafsack», antwortete sie und lachte verlegen, als sei es ihr peinlich, solche Bedürfnisse zu haben.

Dabei war Anton überglücklich, daß sie das einfache Leben nicht so zu schätzen schien!

«Meinst du, Vati und du kämt auch ohne mich zurecht?» fragte sie.

«Bestimmt!» sagte Anton. Er mußte sie unbedingt davon überzeugen, daß er sogar sehr gut mit seinem Vater allein

Urlaub machen konnte! «Ich habe doch das Buch von euch!» fiel ihm ein.
Seine Mutter lächelte dankbar. «Vielleicht ist es gar nicht schlecht, wenn ihr mal ohne mich verreist. Herr Schwartenfeger sagt auch, daß es sehr interessant werden könnte.»
«Wenn Herr Schwartenfeger das sagt...» bemerkte Anton listig. «Dann muß es ja stimmen!»
Langsam wurde ihm der Psychologe richtig sympathisch – jedenfalls solange er seine Behandlungsmethoden nicht an ihm, Anton, ausprobieren wollte!
Und außerdem: seit Antons Eltern einmal in der Woche zu Herrn Schwartenfeger gingen, waren sie viel freundlicher und verständnisvoller geworden.
Manchmal passierten sogar aufregende, überraschende Dinge – so wie jetzt!
«Und Vati?» fragte er. «Was sagt der dazu?»
«Er hat gesagt, daß wir zuerst dich fragen müßten, weil der Urlaub dein Weihnachtsgeschenk ist. Aber wenn du damit einverstanden bist – ich glaube, Vati hätte schon Lust, mit dir allein Urlaub zu machen!»
Anton schmunzelte in sich hinein. «Ich auch!» sagte er. Nur schade, daß er Anna und Rüdiger nicht gleich davon berichten konnte!
Aber er hatte Anna seit dem 24. Dezember nicht mehr gesehen, und auch Rüdiger war nicht gekommen, um den Umhang zurückzubringen.
Wenn Anton den Vampirumhang gehabt hätte, wäre er vielleicht selbst ins Jammertal geflogen, aber so ... Mit seinem Fahrrad würde er einen halben Tag brauchen, um hinzukommen – oder noch länger.
Nein, er konnte gar nichts anderes tun, als darauf zu warten, daß die Frühjahrsferien anfingen!

Abenteuer – nicht geheuer

Und dann endlich war der erste Ferientag gekommen.
Antons Mutter machte ihnen noch ein kräftiges Frühstück mit Schinken und Spiegeleiern – aber Anton war so aufgeregt, daß er kaum etwas essen konnte.
Nach dem Frühstück brachte Antons Mutter ihn und seinen Vater zur Bahn.
«Schreibt mir bald!» bat sie.
«Hm – mal sehen», sagte Anton. «Falls wir einen Briefkasten finden.»
«Oder ruft mich an!»
«Anrufen?» Anton grinste. «Ich glaube nicht, daß es im Jammertal Telefonzellen gibt!»
Er fand es äußerst angenehm, daß sie nun zwei Wochen lang nahezu unerreichbar sein würden – und Briefpapier hatte er gar nicht erst eingepackt!
«Bestimmt melden wir uns», sagte Antons Vater. «Wenn wir in ‹Langer Jammer› sind, rufe ich dich an.»
«Langer Jammer» – so hieß der Ort, an dem sie aussteigen mußten. Es war die Bahnstation, die dem Jammertal am nächsten lag.
Aber nach einer mehr als zweistündigen Fahrt in einem Bummelzug, der an fast jedem Bahnhof hielt, hatte Antons Vater sein Versprechen, anzurufen, vergessen. Und Anton wollte ihn auch nicht daran erinnern. Für ihn hatten jetzt die Ferien begonnen – und damit war ihm alles andere egal geworden. Er hatte nur noch einen Wunsch: so schnell wie möglich ins Jammertal zu gelangen.
Doch daraus schien vorerst nichts zu werden. Kaum hatten sie die Bahnhofshalle verlassen, blieb sein Vater schon

vor einem Schaufenster stehen, in dem ein paar Bücher und Landkarten ausgestellt waren, und erklärte: «Ich geh mal in den Laden und frag, ob sie eine gute Karte von dieser Gegend haben.»

«Was? Noch eine?» protestierte Anton.

Auch während der Fahrt hatte sein Vater ununterbrochen Landkarten studiert. Doch natürlich ließ er sich durch Antons Bemerkung nicht davon abhalten, den Laden zu betreten.

Nach einigen Minuten ging auch Anton in den Laden und tat so, als würde er sich für die Bücher interessieren, die in einem Regal neben der Tür standen.

Dabei konnte er genau beobachten, wie sein Vater vor einem Schrank mit Landkarten innehielt, die Schranktüren öffnete und zwischen den Karten zu wühlen begann. Aber Selbstbedienung war hier offenbar nicht gern gesehen.

«Sie wünschen?» fragte der dürre, vertrocknet wirkende Verkäufer, an dem alles grau war: die Haare, die Haut, die Kleidung.

«Ich – äh, ich hätte gern eine Karte vom Jammertal, eine möglichst genaue.»

«Vom Jammertal?» wiederholte der Verkäufer. Seine Stimme klang, als wäre seine Nase verstopft. Er musterte Antons Vater prüfend, besonders den Rucksack. «Sie wollen doch nicht etwa im Jammertal – Urlaub machen?»

«Genau das ist meine Absicht!» erwiderte Antons Vater.

«Das sollten Sie lieber nicht tun», sagte der Mann.

«Und warum nicht?»

«Wegen der – Vorfälle!»

«Vorfälle? Was für Vorfälle?» fragte Antons Vater unwirsch.

«Nun ...» Der Mann zögerte. «Es hat mit der Ruine zu tun.»
Ein leiser Schrei entfuhr Anton, und er schlug hastig die Hand vor den Mund. Zum Glück hatten die beiden seinen Aufschrei nicht gehört.

«Was ist mit der Ruine?» fragte Antons Vater ungeduldig.
Der Verkäufer antwortete nicht sogleich. Anton sah, wie es in seinem grauen, verknitterten Gesicht arbeitete. Schließlich sagte er: «Es ist nicht geheuer dort, heute noch viel weniger als früher.»
Antons Vater lachte amüsiert. «Nicht geheuer? Na, wenn das alles ist ...»
«Nehmen Sie es nicht auf die leichte Schulter!» warnte der Verkäufer.
«Das werde ich meinem Sohn erzählen», meinte Antons Vater. «Der schwärmt für alles Unheimliche und Gruselige!»
Mittlerweile schien er die richtige Landkarte gefunden zu haben – oder aber er wollte nur das Gespräch beenden. «Ich nehme diese hier», erklärte er und legte sie auf den Ladentisch.
Doch der Verkäufer hatte noch etwas auf dem Herzen.
«Sie ... Sie haben ein Kind dabei?» fragte er.
«Ja, meinen Sohn.»
«Dann seien Sie besonders vorsichtig!» flüsterte der Mann.
«Vorsichtig?» Lachend zählte Antons Vater das Geld für die Landkarte ab. «Wir wollen einen Abenteuer-Urlaub erleben, mein Sohn und ich. Und falls es hier wirklich nicht geheuer ist, wie Sie sagen – um so besser!»
Er nahm die Landkarte und stolzierte aus dem Laden – direkt an Anton vorbei, der hinter einem Schirmständer in Deckung gegangen war.
Als sein Vater den Laden verlassen hatte, stürzte Anton nach vorn, an den Ladentisch, wo der Verkäufer mit bekümmerter Miene stand.
«Was für Vorfälle meinen Sie?» fragte er mit heiserer Stimme.

«Bist du der Sohn?» erkundigte sich der Mann.
«Ja! Und ich muß unbedingt wissen, was mit der Ruine ist!»
Doch bevor der Verkäufer antworten konnte, wurde die Ladentür wieder geöffnet, und Anton hörte seinen Vater rufen: «Anton, ich such dich schon! Was machst du denn? Nun komm!»
«Bin ja schon auf dem Weg», brummte Anton – und unzufrieden, daß er nun doch nicht erfahren hatte, was es mit der Ruine und den «Vorfällen» auf sich hatte, trottete er aus dem Laden.
Draußen sagte sein Vater: «Ich glaube, ich weiß jetzt, wo wir unser Zelt aufschlagen können! Auf der neuen Karte ist eine Stelle eingezeichnet, die Wolfshöhle heißt.»
«Wolfshöhle?» wiederholte Anton erschrocken. Er konnte sich noch gut daran erinnern, was Rüdiger ihm in der Nacht des Vampirfests erzählt hatte. Früher hätten im Jammertal Wölfe gelebt, richtige Wölfe! hatte Rüdiger gesagt. Um neugierige Schnüffler von der Ruine fernzuhalten, hätten die Vampire das Gerücht verbreitet, diese Wölfe seien Werwölfe.
Schon damals hatte Anton ein Gefühl der Beklemmung gehabt. Und diese Beklemmung spürte er nun aufs neue – wie eine eisige Hand, die sich auf sein Herz legte. Schaudernd fragte er: «Glaubst du, daß es heute noch Wölfe gibt?»
Sein Vater schmunzelte. «Wer weiß ... Aber für einen Abenteuer-Urlaub wären Wölfe doch gar nicht schlecht. Ich meine, nicht zu viele, nur zwei oder drei, die nachts ums Zelt schleichen und heulen ... Das müßte doch sehr aufregend sein!»
Ganz offensichtlich machte er sich über Anton lustig – und das half Anton, wieder einen klaren Kopf zu bekommen.

Sein Vater hatte ja recht, Wölfe gab es vielleicht noch in Sibirien und in Kanada, aber nicht hier!
Doch die Worte seines Vaters hatten Anton auf eine Idee gebracht, auf eine sehr gute Idee …
«Du hast recht», sagte er und grinste. «Zu einem Abenteuer-Urlaub gehört es unbedingt, daß jemand ums Zelt schleicht und heult!»
Und wen Anton mit jemand meinte – das blieb sein Geheimnis.

Es kommt eben darauf an, für wen …

Sie gingen weiter. Niedrige, aus roten Backsteinen gebaute Häuser säumten die Straße. Vereinzelt gab es kleine Läden – aber der ganze Ort wirkte verschlafen, fast wie ausgestorben, fand Anton.
Nur zweimal trafen sie unterwegs Menschen; zuerst einen alten Mann, der sich an einem Stock mühevoll fortbewegte, und dann eine junge Frau mit einer Zwillingskarre, in der zwei bleiche, übernächtig aussehende Kleinkinder saßen. Alle starrten sie an, als wären Anton und sein Vater Gespenster.
Das schien sogar Antons Vater aufzufallen. «Komisches Nest!» meinte er. «Hier kommen wohl nie Fremde her.»
«Jedenfalls nicht am Tage», sagte Anton und grinste in sich hinein. Aber sein Vater verstand den Witz natürlich nicht.
«Komm, beeilen wir uns», sagte er. «Je eher wir aus diesem Langen Jammer heraus sind, desto besser.»

Doch es dauerte noch eine Weile, bis sie den Ort hinter sich gelassen hatten. Sie gingen jetzt auf einer asphaltierten Landstraße, die so schmal war, daß zwei Autos nicht hätten aneinander vorbeifahren können. Aber es kam kein Auto – während der eineinhalb Stunden, die sie auf dieser Straße gingen, kam nicht ein einziges Auto.

Merkwürdig! dachte Anton, und dabei spürte er wieder dieses unbehagliche, beklemmende Gefühl – wie vorhin auch, bei dem Gespräch über Wölfe …

«Wo liegt eigentlich diese Wolfshöhle?» fragte er. «Doch wohl hoffentlich nicht an der Ruine!»

«Hast du etwas gegen Ruinen?» erwiderte sein Vater vergnügt. «Ich finde, eine Ruine ist die ideale Umgebung für einen spannenden, ungewöhnlichen Urlaub!»

«Ja, schon, aber nicht zum Zelten!» sagte Anton sehr bestimmt.

«Und warum nicht?»

«Weil …» Anton überlegte, was er antworten sollte.

Daß er sich vor den durstigen Verwandten des kleinen Vampirs fürchtete, die zusammen mit Anna und Rüdiger in die Ruine eingezogen waren, konnte er ja nicht zugeben.

«Weil man nie wissen kann, ob sie bewohnt ist!»

«Bewohnt? Von wem denn?»

«Von – von Landstreichern.»

«Von Landstreichern?» wiederholte Antons Vater zweifelnd. «Glaubst du, ein Landstreicher würde sich in einem halbzerfallenen Gemäuer, zwei Stunden von der nächsten Ortschaft entfernt, niederlassen? Kein Mensch würde sich da freiwillig einquartieren!»

Nein, ein *Mensch* nicht! stimmte ihm Anton in Gedanken zu; und freiwillig waren die Vampire auch nicht ins Jammertal gezogen …

«Aber keine Sorge», unterbrach der Vater Antons Gedanken, «die Wolfshöhle ist weit genug von der Ruine entfernt. Soll ich es dir auf der Landkarte zeigen?»
«Auf der Landkarte? Bloß nicht! Dann verlieren wir ja noch mehr Zeit!» wehrte Anton ab.
Zähneknirschend fügte er hinzu: «Hauptsache, wir müssen nicht mehr so lange laufen!»
«Tun dir die Füße weh?»
«Nicht nur die Füße!»
So ziemlich alles tat Anton weh: der Rücken, die Beine und die Füße. Unter normalen Umständen würde er sich längst geweigert haben, weiterzugehen!
«Wenn ich nicht schon Plattfüße hätte, würde ich bei diesem Urlaub garantiert welche kriegen!» knurrte er.
«Mir tun die Füße auch weh», gestand ihm sein Vater. «Und deshalb finde ich es besonders lobenswert, daß du so lange durchgehalten hast, ohne dich zu beklagen!»
«Tja –» sagte Anton. «Es kommt eben immer darauf an, wofür man etwas tut. – Und für wen», ergänzte er und dachte an Anna.
Sein Vater, der diese Bemerkung auf sich bezog, lächelte geschmeichelt. «Es war wirklich eine gute Idee von Mutti, uns beide mal alleine losziehen zu lassen.
Und gleich haben wir es geschafft!» sagte er nach einem Blick auf seine Karte. «Siehst du die Straßenbiegung da vorn? Hinter der Biegung muß ein Weg abzweigen, der direkt zum Jammertal führt.»
Und so war es auch. Sie fanden den Weg, und nachdem sie durch einen Tannenwald gegangen waren, öffnete sich ein weites, von kleinen Hügeln durchzogenes Tal vor ihnen, in dem es üppig grünte und blühte.
Und dort, am anderen Ende des Tals, lag die Ruine.

Das Jammertal

«Das ist ja ein richtiges Paradies!» sagte Antons Vater.
«Ein Paradies?» Anton blickte zur Ruine hinüber. «Da wäre ich mir nicht so sicher ...»
«O doch!» erwiderte sein Vater. Er hatte den Rucksack abgesetzt und sog die Luft in tiefen Zügen ein. «So ein unberührtes Stück Natur ist heutzutage eine Seltenheit – ein wahres Kleinod!»
Gegen seinen Willen mußte Anton grinsen. «Ein Kleintod?»
«Nein, ein Kleinod!» verbesserte ihn sein Vater. «Das ist etwas sehr Kostbares und Seltenes. – Aber wie bist du eigentlich auf dieses Tal gekommen?»
«Ach –» sagte Anton gedehnt. «Ein Freund hat mir davon erzählt.»
«Ein Freund? Kenne ich den?»
«Nein», sagte Anton und hatte damit nicht mal gelogen: denn niemand konnte behaupten, daß sein Vater den kleinen Vampir wirklich *kannte*!
«Jedenfalls hat dir dein Freund einen sehr guten Tip gegeben», erklärte Antons Vater, «sozusagen einen Geheimtip! Nicht mal die Einheimischen scheinen zu wissen, wie wunderschön es hier ist!
Nur eins verstehe ich nicht», fügte er nach einer Pause hinzu. «Wieso heißt es ausgerechnet Jammertal?»
«Vielleicht, weil es ein Jammer ist, daß keiner hierher kommen will», meinte Anton.
«Das kann nicht der Grund sein», widersprach sein Vater. «Möglicherweise hängt es mit dem alten Gemäuer da drü-

ben zusammen ... Die Ruine macht wirklich keinen einladenden Eindruck.»
Nein, einladend sieht sie wahrlich nicht aus! dachte Anton, der die Ruine zum erstenmal bei Tage erblickte. Früher einmal mußte es eine große Burganlage gewesen sein, mit mächtigen Schutzmauern. Aber im Laufe der Zeit waren die meisten Mauern eingestürzt – bis auf den Burgturm und das Haupthaus.
Mit Herzklopfen dachte Anton an die Nacht des Vampirballs zurück, als er mit Anna dort im Festsaal der Ruine getanzt hatte – zu den Klängen der Orgel, auf der Sabine die Schreckliche gespielt hatte.
«Wie die Kulisse zu einem Gruselfilm», hörte er seinen Vater sagen. «Für abergläubische Leute muß es wirklich ein Ort des Schreckens sein!»
Er lachte – sehr selbstzufrieden. «Und mir gefällt die Ruine auch nicht – obwohl ich nun wahrhaftig nicht abergläubisch bin!»
«Zum Glück!» sagte Anton und grinste in sich hinein. Wenn seine Mutter dabeigewesen wäre, hätte der Urlaub vielleicht schon jetzt, beim Anblick der Ruine, ein jähes Ende gefunden. Sie hatte ein viel feineres Gespür für alles Unheimliche, Bedrohliche – und eine sehr genaue Beobachtungsgabe.
Antons Vater dagegen war schon wieder in seine Landkarte vertieft. «Wir kommen jetzt gleich an einen Fluß», erklärte er. «Rate mal, wie der heißt!»
«Keine Ahnung», brummte Anton, der nicht zum Rätselraten aufgelegt war.
«Jammer! Der Fluß heißt Jammer!» sagt sein Vater. «Nun wissen wir, wie dieses grüne Tal ausgerechnet zu dem Namen Jammertal gekommen ist!»

Anton grinste – und schwieg.
Für ihn stand fest, daß das Jammertal aus einem ganz anderen Grund so hieß: weil es – schon wegen der Gerüchte über Werwölfe – als Tal des Jammers galt!
Der Weg führte jetzt bergab, ins Tal hinein. Als sie unten angelangt waren, erblickten sie einen kleinen Bach, der vielleicht einen halben Meter tief war.
«Sagtest du: Fluß?» fragte Anton.
«Na ja», meinte sein Vater verlegen. «Auf der Karte wirkte er breiter.»
Anton konnte sich ein Lachen nicht verkneifen.
«Wahrscheinlich ist die Wolfshöhle ein Kaninchenbau!» sagte er.
Doch damit sollte er sich getäuscht haben.
Nachdem sie dem Flußlauf ein Stück gefolgt waren, erreichten sie den Wolfshügel – wie Antons Vater nach einem Blick auf seine Karte verkündete.
Der Wolfshügel war ein ziemlich steiler Hang, der mit Büschen und Sträuchern bewachsen war.
«Hier in diesem Hügel muß die Wolfshöhle sein», erklärte Antons Vater.
Anton spähte nach oben. «Auch noch bergsteigen?» knurrte er.
«Na, du wirst doch auf den letzten Metern nicht das Handtuch werfen», witzelte sein Vater.
«Das Handtuch nicht», sagte Anton. «Aber den Rucksack!»
Sein Vater lachte und begann mit dem Aufstieg. Unlustig folgte Anton ihm.

Die Wolfshöhle

Sie mußten fast den ganzen Hügel hinaufklettern, bis sie endlich in einer Felswand eine Öffnung entdeckten.
«Bestimmt ist das die Wolfshöhle!» sagte Antons Vater, und unwillkürlich flüsterte er.
Wieder spürte Anton diesen eisigen Schauder. Argwöhnisch musterte er den Erdboden vor dem Höhleneingang. Vielleicht gab es Spuren von Wölfen oder Fellbüschel ... Aber er konnte nichts entdecken.
«Na, Anton, nun kannst du zeigen, wie mutig du bist!» hörte er seinen Vater herausfordernd sagen.
«Mutig?» wiederholte Anton. Er war überzeugt davon, daß sein Vater ihn niemals als ersten in eine fremde, unbekannte Höhle schicken würde.
Also konnte er ganz gelassen antworten: «Wer behauptet denn, daß ich mutig bin?»
«Jedenfalls bist du nicht auf den Mund gefallen!»
«Noch nicht», sagte Anton und grinste.
«Dann muß ich wohl allein in die Höhle gehen», meinte Antons Vater.
Er holte die Taschenlampe aus seinem Rucksack und leuchtete in die Höhle hinein. Anton konnte nichts erkennen, weil ihm sein Vater die Sicht versperrte.
«Siehst du etwas?» fragte er drängend.
«Nicht viel», antwortete sein Vater. «Aber sie scheint leer zu sein.»
Langsam kroch er in die Höhle, während Anton kribbelig vor Aufregung draußen stehenblieb.
«Was ist?» rief er ungeduldig, als sein Vater nichts von sich hören ließ. «Hast du etwas entdeckt?»

«Ja, Knochen», kam die Antwort.
«Knochen?» wiederholte Anton mit bebender Stimme. «Etwa von – Menschen?»
«Nein.» Der Kopf seines Vaters erschien in der Öffnung. Erleichtert stellte Anton fest, daß er keineswegs besorgt wirkte. «Von Hühnern. Wahrscheinlich waren vor uns schon mal Urlauber da.»
«Urlauber?» sagte Anton zweifelnd. «Und wenn es – – Wölfe waren?»
«Wölfe?» Sein Vater verzog amüsiert die Mundwinkel. «Du schwärmst für Vampire und fürchtest dich vor Wölfen?»
«Vampire und Wölfe kannst du nicht vergleichen!» erwiderte Anton.
«So, meinst du?» Antons Vater schmunzelte. «Ich finde, man kann sie sogar sehr gut vergleichen. Vampire gibt es nicht und Wölfe auch nicht – jedenfalls nicht mehr.»
«Das denkst du!» sagte Anton.
«Ja, das denke ich. Und jetzt komm und sieh dir die Höhle an!»
Mit sehr gemischten Gefühlen kroch Anton durch die Öffnung – und war erstaunt, in eine Höhle zu kommen, die so hoch war, daß er gebückt darin stehen konnte. Sie war nicht so groß wie die Gruft Schlotterstein – aber für Anton und seinen Vater bot sie ausreichend Platz.
Beim Schein der Taschenlampe sah Anton kahle Felswände und einen steinigen Boden. Bis auf ein Häuflein kleiner Knochen neben dem Eingang war sie leer.
«Was sagst du nun?» fragte sein Vater voller Entdeckerstolz. «Ist das nicht eine Höhle, wie geschaffen für uns?»
«Für uns?» sagte Anton erschrocken. «Willst du etwa in der Höhle übernachten?»

«Ja! Wir legen unsere Rucksäcke vor den Eingang, und dann sind wir sicher wie in Abrahams Schoß!»
«Ich weiß nicht –» murmelte Anton.
Nach kurzem Überlegen fand er die Idee allerdings gar nicht so schlecht. In der Höhle waren sie zu drei Seiten hin völlig geschützt. Bei einem Zelt dagegen brauchte man von draußen nur die Heringe herauszuziehen, mit denen es im Boden verankert war. Und der Zelteingang war lediglich mit einem Reißverschluß gesichert ...
«Vielleicht hast du recht», sagte er.
«Nicht nur vielleicht», antwortete sein Vater gut gelaunt. «Diese Wolfshöhle ist ein Glücksfall für zwei einsame Wanderer wie du und ich!»
«Einsame Wanderer?» Anton hatte Mühe, nicht zu lachen. So einsam, wie sein Vater glaubte, waren sie im Jammertal nicht ...
Doch gerade der Gedanke an die Vampire überzeugte Anton davon, daß es nur gut sein würde, *kein* Zelt aufzuschlagen – vor allem, wenn es ein knallrotes war!
«Aber eins finde ich gemein!» sagte er.
«Und was?»
«Daß mein Zelt jetzt völlig nutzlos ist! Dann hättet ihr mir auch was anderes zu Weihnachten schenken können, zum Beispiel – die Vampirbücher!»
«Wer weiß, ob wir das Zelt nicht doch noch brauchen», erwiderte sein Vater. «Und nun sammeln wir erst mal Gräser und Blätter!»
«Gräser und Blätter? Willst du etwa eins dieser scheußlichen Rezepte aus dem Buch ausprobieren ... Brennesselsalat ... oder Löwenzahngemüse?»
«Nein. Ich möchte nur, daß wir eine warme Unterlage haben. Die Nächte im April sind noch ziemlich kalt.»

«Und meine Isoliermatte? Und mein Schlafsack?» rief Anton empört. «Sind die jetzt auch überflüssig?»
«Keineswegs! Die legen wir obendrauf», beruhigte ihn sein Vater.
«Gut, daß Mutti nicht mitgekommen ist», meinte Anton.
«Wieso?»
«Na ja ... Im Gras und in den Blättern sitzen bestimmt jede Menge Käfer und Spinnen!»
«Spinnen und Käfer sind doch niedlich», witzelte sein Vater.
«Niedlich? Ich bin gespannt, ob du das auch noch sagst, wenn dir eine fette Kreuzspinne auf der Nase herumkrabbelt!»
«Warten wir's ab!»
«Ja, warten's wir ab!» sagte Anton und grinste stillvergnügt; denn nun wußte er, wohin er die erste Spinne setzen würde, die er in der Höhle entdeckte!

Wahrheit und Dichtung

Sie aßen noch etwas Käse und Brot und jeder eine halbe Tafel Schokolade. Dann machten sie sich daran, dünne abgestorbene Zweige, Gras, Moos und Laub zusammenzutragen und damit den Boden im hinteren Teil der Höhle zu bedecken.
Als sie fertig waren, begann es draußen zu dämmern, und die Luft hatte sich spürbar abgekühlt. Jetzt merkte Anton auf einmal, wie warm und behaglich es in der Höhle war –

und wie anheimelnd die Kerzen leuchteten, die in zwei Felsnischen neben dem Ausgang brannten.
«Deine Idee mit der Höhle war gar nicht so schlecht», meinte er. «Es ist fast so gemütlich hier drin wie in einer Gruft.»
Sein Vater lachte. «Gleich wird es noch gemütlicher», er-

klärte er. «Wenn nämlich vor der Höhle ein kleines Feuer flackert und wir warmen Tee trinken können.»
«Was? Du willst Feuer machen?» rief Anton erschrocken. Daß mußte er unter allen Umständen verhindern! Der Schein des Feuers würde ihre Anwesenheit sofort den Vampiren verraten. Und leider bestand die Sippe derer von Schlotterstein nicht nur aus Rüdiger, dem kleinen Vampir, und seiner Schwester Anna, sondern da gab es noch ihren unberechenbaren Bruder Lumpi, ihre stets gierige Tante Dorothee und Ludwig den Fürchterlichen und Hildegard die Durstige, die Eltern der drei Vampirkinder, und Sabine die Schreckliche und Wilhelm den Wüsten, die Großeltern.
«Und warum soll ich kein Feuer machen?» fragte Antons Vater verwundert.
«Weil ...» Anton zögerte. Irgend etwas mußte er sich einfallen lassen, um seinen Vater davon abzubringen. «In dem Buch, das ihr mir zu Weihnachten geschenkt habt, steht, daß man zuerst eine Bodenprüfung machen muß», behauptete er.
«Eine Bodenprüfung?» fragte Antons Vater ungläubig. «Kann ich das Buch mal sehen?»
«Das Buch? Ähem ...» Anton tat so, als würde er in seinem Rucksack danach suchen – während er doch genau wußte, daß er «Urlaub bei Mutter Natur» absichtlich zu Hause «vergessen» hatte – in seinem Regal für langweilige Bücher.
«Hier ist es», sagte er, und grinsend reichte er seinem Vater das neue Buch, das er sich extra für den Urlaub vom Taschengeld gekauft hatte.
«Der Vampir – Wahrheit und Dichtung», las Antons Vater überrascht vor. «Aber ...»

«Wie heißt das Buch? Der *Vampir*?» sagte Anton und bemühte sich, ernst zu bleiben. «Dann hab ich wohl das falsche eingepackt.»
«Bedeutet das: du hast ‹Urlaub bei Mutter Natur› zu Hause gelassen?»
Anton nickte. «Aber ich habe mich fest darauf verlassen, daß du das Buch mitnimmst! Die vielen Tips und Hinweise ... Ohne die sind wir aufgeschmissen!»
«Ach», sagte Anton, «wir kommen auch so zurecht! Und außerdem habe ich mir das Buch zu Hause ja – angeguckt!»
Angeguckt – das stimmte sogar!
«Und wie man Feuer macht, weiß ich ganz genau», fuhr er fort. «Also: zuerst macht man die Bodenprüfung. Und wenn es ein trockener Boden ist, gräbt man eine Kuhle. Danach muß man Steine suchen, aber keine Feuersteine, weil die zerspringen. Wenn es ein nasser Boden ist, muß man als erstes einen festen Untergrund machen, zum Beispiel aus Sand.»
Sein Vater gähnte verstohlen. «Na gut», meinte er. «Dann warten wir mit dem Feuermachen bis morgen.» Und mit einem entschuldigenden Lächeln fügte er hinzu: «Ehrlich gesagt, ich bin auch schon sehr müde. Du nicht?»
«Doch, doch», versicherte Anton eifrig.
In Wirklichkeit war er trotz seiner lahmen Beine und der schmerzenden Schultern hellwach – und voller Ungeduld, vor die Höhle zu gehen und zu beobachten, was um die Ruine herum passierte. Aber das konnte er natürlich nur tun, wenn sein Vater nicht dabei war.
«Warum legen wir uns nicht hin und schlafen?» schlug er vor. «Draußen ist es sowieso gleich dunkel.»
«Eine hervorragende Idee!» lobte sein Vater, und wie um seine Worte zu unterstreichen, gähnte er mehrmals.

Anton grinste in sich hinein. Er wußte aus Erfahrung, daß sein Vater im Urlaub immer ein gesteigertes Schlafbedürfnis hatte. Falls das auch diesmal der Fall sein sollte, konnte Anton sich nur gratulieren!
Er half seinem Vater, den Höhleneingang mit den Rucksäcken zu versperren. Dann löschten sie die Kerzen und krochen beim Licht der Taschenlampen in ihre Schlafsäcke. Nachdem sie die Taschenlampen ausgeschaltet hatten, war es stockfinster in der Höhle.

Mond über dem Jammertal

Eine Weile lag Anton reglos da und lauschte den Atemzügen seines Vaters, die immer langsamer und gleichmäßiger wurden. Hin und wieder blickte er auf das beleuchtete Zifferblatt seiner Armbanduhr.
Als fünfzehn Minuten vergangen waren, fragte er ins Dunkel hinein: «Vati?»
Sein Vater brummte etwas, antwortete aber nicht. Jetzt war Anton sicher, daß er schlief. Leise öffnete er den Reißverschluß seines Schlafsacks und schaltete seine Taschenlampe ein.
Mit Herzklopfen sah er zu seinem Vater hinüber, doch der hatte die Augen fest geschlossen.
Schnell zog Anton sich an, schob den Rucksack beiseite und kroch ins Freie. Von draußen zog er den Rucksack vorsichtig wieder vor die Öffnung.
Der Mond schien, und es war so hell, daß Anton seine

Taschenlampe ausmachte. Und dann stand er minutenlang nur da und blickte ins Jammertal hinab, das in ein seltsames, silbriges Licht getaucht war.
Deutlich konnte Anton die Ruine erkennen, die im Mondschein einen noch viel gespenstischeren Eindruck auf ihn machte.
Wie in der Nacht des Vampirballs! dachte er.
Und als hätte die Erinnerung an jene Nacht eine Sinnestäuschung bei ihm hervorgerufen – auf einmal glaubte er, Orgelmusik zu hören, die aus der Ruine zu ihm herüberklang.
Nein, das war keine Einbildung! Jemand spielte auf der Orgel!
Anton spürte ein Kribbeln von den Zehen bis zu den Fingerspitzen.
Diese eigenartige düstere Musik ... und dazu das silbrige Licht auf den halbzerfallenen Mauern ...
Plötzlich sah er, wie sich vom Burgturm eine dunkle Gestalt in die Luft erhob.
Ohne Zweifel war es ein Vampir.
Aber das allein war noch kein Grund, besorgt zu sein, fand Anton. Immerhin gab es auch Vampire, vor denen er keine Angst hatte, Anna zum Beispiel.
Was ihn allerdings beunruhigte, war das ungewöhnliche Verhalten des Vampirs. Anstatt eilig davonzufliegen, umkreiste er immer wieder die Ruine – als hielte er Ausschau nach etwas.
Nach etwas – oder nach jemandem!
Bei diesem Gedanken durchfuhr ihn ein eisiger Schreck. Wenn die Gestalt nun Tante Dorothee war und wenn sie ihn bereits – gewittert hatte?
Er glaubte nicht, daß sie ihn gesehen haben konnte – davor

schützten ihn die Sträucher rund um die Höhle. Trotzdem duckte Anton sich noch tiefer in das dichte Laubwerk und spähte nervös und angespannt in den Nachthimmel hinauf.
Eine Zeitspanne, die sich für Anton wie eine Ewigkeit dehnte, verging, ohne daß irgend etwas geschah. Dann auf einmal war der Vampir in der Luft über ihm. Anton hatte das Gefühl, sein Herz bliebe stehen.
Doch der Vampir schien ihn nicht bemerkt zu haben. Ohne einzuhalten, flog er weiter und landete oben auf dem Wolfshügel.
Jetzt war er Antons Blicken entzogen. Aber Anton konnte ihn noch hören: Zweige knackten, und mehrmals hustete der Vampir.
Sein Husten klang rauh und krächzend und verstärkte Antons Verdacht, daß es Tante Dorothee sein mußte. Nur – warum war sie ausgerechnet oben auf dem Wolfshügel gelandet? Mußte er nicht befürchten, daß sie ihn doch gerochen hatte?
Er dachte an jene Nacht in der Gruft Schlotterstein, als er sich in Rüdigers Sarg versteckt hatte und Tante Dorothee mit ihrer schrillen Stimme gerufen hatte: «Ich rieche Menschenblut!»
Allerdings hatte sie damals nicht feststellen können, ob dieser Geruch aus der Gruft oder von draußen kam. Und vielleicht war es auch diesmal so: daß sie nicht wußte, woher der Menschengeruch kam – noch nicht!
Auf jeden Fall glaubte Anton nun, daß der Vampir Tante Dorothee war und daß sie seine Witterung aufgenommen hatte. Und in dieser Lage gab es nur eine Rettung für ihn: so schnell wie möglich die Wolfshöhle zu erreichen!
Gebückt lief er zum Höhleneingang, schob den Rucksack zur Seite und kroch in das Dunkel hinein.

Nachdem er die Öffnung wieder mit dem Rucksack verschlossen hatte, konnte er es kaum fassen, daß er heil und ohne von dem Vampir entdeckt worden zu sein in die Höhle gelangt war.
Er schaltete die Taschenlampe ein und spähte zu seinem Vater hinüber. Der schien noch immer fest zu schlafen. Anton seufzte erleichtert. Hastig zog er sich die Schuhe aus, und so wie er war – mit seinem dicken Pullover und den Jeans – verkroch er sich in seinem Schlafsack.
Dann lag er da und horchte – horchte auf verdächtige Geräusche vor der Höhle. Doch nichts war zu hören – bis auf die leisen, regelmäßigen Atemzüge seines Vaters. Anton spürte, wie die Anspannung allmählich nachließ und wie ihn eine große Müdigkeit überkam.
Er knipste die Taschenlampe aus – dann schlief er.

Wie ein Weltmeister

«Anton, Mittagessen!» Das war die Stimme seines Vaters.
«Mittagessen?» Schlaftrunken blickte Anton auf seine Armbanduhr. Ihre beiden Zeiger standen auf zwölf.
«Was, so spät?» rief er erschrocken.
«Ja!» Sein Vater lachte. Er hatte offenbar gute Laune. «Während du hier geschlafen hast, war ich schon in Langer Jammer, habe Brötchen geholt, eine Zeitung gekauft und Mutti angerufen. Übrigens, der Mann in dem Laden mit den Landkarten und Zeitungen hat mich angestarrt wie einen Geist!»

Er rieb sich vergnügt die Hände. «Aber es ist auch wirklich ein gottverlassenes Nest! Erst der dritte Lebensmittelladen hatte überhaupt geöffnet. In den anderen hing ein Schild: ‹Wegen Krankheit geschlossen›. – Aber wenigstens die Tankstelle war in Betrieb. Dort habe ich mir ein Fahrrad geliehen.»
«Du – du hast dir ein Fahrrad geliehen?» sagte Anton verwirrt, der so viele Neuigkeiten auf einmal gar nicht verkraften konnte – jedenfalls nicht unmittelbar nach dem Aufwachen.
«Ja, damit wir täglich einkaufen können.»
Anton mußte grinsen – trotz seiner Müdigkeit. «Einkaufen? Ich denke, du willst Abenteuer-Urlaub machen – mit Kräutersammeln, Fischen und so ...»
«Na ja ...» meinte sein Vater gedehnt. «Man muß sich das Leben doch nicht schwerer machen als unbedingt nötig. Und so wie ich dich kenne, ißt du auch gern frische Brötchen.»
«Es gibt Brötchen?» freute sich Anton, und eilig stieg er aus dem Schlafsack.
Sein Vater musterte ihn befremdet. «Du hattest doch deinen Nachtanzug an, als wir schlafen gingen! Wieso bist du jetzt angezogen?»
Anton räusperte sich.
«Ich – äh – mußte mal», sagte er. «Und draußen war es lausig kalt.»
«Du warst draußen vor der Höhle?»
«Wenn ich mal mußte ...!»
«Warum hast du mich nicht geweckt?»
«Geweckt?» Anton grinste. «Glaubst du, daß ich noch Hilfe dabei brauche? – Außerdem hab ich's versucht», sagte er. «Aber du bist nicht wach geworden.»

«Tatsächlich?» Sein Vater lachte betreten. «Na, es war auch ein sehr anstrengender Tag gestern. Da ist es kein Wunder, wenn man etwas – hm – fester schläft!
Und du hast ja auch wie ein Weltmeister geschlafen», fügte er hinzu. «Noch eine halbe Stunde, und ich wäre ohne dich zur Ruine gegangen!»
«Zur Ruine?» rief Anton erschrocken.
«Ja! Und wenn du dich nichts beeilst, sehe ich sie mir alleine an.»
«N-nein», sagte Anton hastig. «Ich komme mit!» Auf gar keinen Fall konnte er es zulassen, daß sein Vater allein in der Ruine herumschnüffelte und vielleicht die Särge mit den schlafenden Vampiren entdeckte!
Jetzt war Anton so nervös, daß er nur mit Mühe eins der Brötchen herunterbekam.
Auf Drängen seines Vaters steckte er sich ein zweites in die Hosentasche. Dann gingen sie los.

Die Fürstin der Finsternis

Es war ein warmer, sonniger Tag, und Vogelgezwitscher erfüllte die Luft.
Selbst die Ruine sah gar nicht mehr so unheimlich aus, fand Anton – eher wie ein Dornröschenschloß.
Er mußte daran denken, wie Anna ihm einmal das Märchen von Dornröschen erzählt hatte – auf ihre Art.
In Annas Märchen war Dornröschen ein schöner junger Königssohn, der von einer Königstochter, die ein Vampir war, mit einem Vampir-Kuß zum Leben erweckt wurde.

Ob es in der Ruine auch einen alten Turm mit einer kleinen Tür gab, in deren Schloß ein verrosteter Schlüssel steckte? Und ob die Tür auch aufspringen würde, wenn Anton den Schlüssel herumdrehte, und ob er dann eine Frau mit einer Spindel sehen würde, die Flachs spann?
Wohl kaum! Wenn er in der Ruine einer Frau begegnen würde, dann wäre es bestimmt Tante Dorothee oder Hildegard die Durstige. Und die brauchten keine Spindel, um an sein Blut zu kommen …
Anton schüttelte sich. Zum Glück war es heller Tag, und die Vampire schliefen; zwar keinen hundertjährigen Schlaf wie Dornröschen – aber bevor es dämmerte, konnten sie Anton und seinem Vater nicht gefährlich werden. Im Gegenteil: solange sie in ihren Särgen lagen, waren die Vampire in Gefahr, entdeckt zu werden.
Von Antons Vater zum Beispiel, der es anscheinend kaum erwarten konnte, zur Ruine zu kommen.
«Warum gehst du eigentlich so schnell?» murrte Anton. Ihm taten die Beine bei jedem Schritt weh.
Sein Vater lachte. «Der Mann in dem Laden hat mich richtig neugierig gemacht mit seinen Geschichten über die Ruine», sagte er.
«Was denn für Geschichten?»
«Nun – daß die Ruine direkt mit der Unterwelt verbunden ist, hat er gesagt.»
«Mit der Unterwelt?»
«Ja. Und daß die Gestalten der Finsternis nachts aus der Unterwelt heraufsteigen, um in der Ruine ihre abscheulichen Feste zu feiern. Von Teufelstreffen hat er gesprochen und von flackernden Lichtern und von gräßlicher Orgelmusik, die man nachts manchmal hören könnte.»
«Ach, wirklich?» sagte Anton und hatte Mühe, ernst zu

bleiben. Gestalten der Finsternis ... dieser Ausdruck paßte gut zu den Vampiren! Und daß sie nachts heraufgestiegen kamen, stimmte auch – allerdings nicht aus der Unterwelt, sondern aus ihren Särgen. Und die Orgelmusik hatte er selbst gehört.

«Und jeden, der es wagt, auch nur in die Nähe der Ruine zu kommen, nehmen sie mit in die Unterwelt», fuhr Antons Vater fort. «Zumindest hat der Mann in dem Laden das behauptet», schränkte er ein.

«Und hat der Mann sie auch schon mal gesehen, diese – Gestalten der Finsternis?» fragte Anton.

«Nein. Er würde niemals einen Fuß ins Jammertal setzen, hat er gesagt. Aber sie sollen schwarze Mäntel tragen und leichenblasse Gesichter haben.»

«Und hat er dir sonst noch etwas erzählt?»

«Ja. Daß die Fürstin der Finsternis persönlich aus der Unterwelt in die Ruine heraufgekommen ist – und daß sich seitdem immer mehr Dorfbewohner seltsam matt und kraftlos fühlen.»

Er lachte. «Stell dir vor: die Fürstin der Finsternis in dem schäbigen Gemäuer – inmitten von Spinnen, Kröten und Fledermäusen!»

Anton grinste. «Vielleicht mag die Fürstin Fledermäuse!»

Sie hatten die andere Seite des Tals fast erreicht. Vor ihnen, auf einer Anhöhe, lag die Ruine.

«Wir sollten lieber umkehren», murmelte Anton, dem auf einmal merkwürdig bang ums Herz war.

«Umkehren?» rief sein Vater in gespielter Entrüstung. «Fürchtest du dich etwa vor der Fürstin der Finsternis?»

«Nein», knurrte Anton.

Wie sollte er seinem Vater erklären, daß er plötzlich so eine Vorahnung hatte, als würde ihnen etwas zustoßen, wenn

sie versuchten, in die Geheimnisse der Ruine einzudringen. «Es – es könnten sich doch Steine lockern», sagte er. «Oder eine Treppe könnte einstürzen.»
«So schlimm wird es schon nicht werden», entgegnete sein Vater unbekümmert. «Und außerdem: wir wollen doch etwas erleben!»
«Auf deine Verantwortung!» sagte Anton.

Um Haaresbreite

Sie kamen an das Burgtor, das noch erstaunlich gut erhalten war, während die Ringmauer, die früher einmal die Burg als hohe, mächtige Schutzmauer umschlossen haben mußte, fast ganz zerfallen war.
Anton ging um das Burgtor herum und kletterte über die brüchigen Mauerreste.
Sein Vater dagegen schien es aufregend zu finden, durch das Burgtor zu gehen.
Aus dem Innern des Tors hörte Anton ihn rufen: «Hier ist sogar noch das eiserne Fallgitter!»
Dann klirrten Ketten, es gab ein quietschendes Geräusch, und es krachte.
«Verflixt! Um Haaresbreite!» Das war die Stimme seines Vaters.
Typisch Vati! dachte Anton und grinste.
Doch als sein Vater blaß und sehr erschrocken aus dem Burgtor herauskam und Anton das schwere Eisengitter sah, das jetzt den Durchgang versperrte, blieb ihm das Lachen im Halse stecken: zentimetertief waren die spitzen

Eisenstäbe in den Erdboden gedrungen. Wenn die seinen Vater getroffen hätten ...

«Wir sollten lieber zurückgehen!» stammelte Anton. «Das war eine Warnung!»

«Eine Warnung?» Antons Vater schüttelte sich den Staub aus den Haaren, und als hätte er sich damit auch von dem Schreck befreit, meinte er betont sorglos: «Ein Mißgeschick war das. Ich hätte eben nicht an den verrosteten Ketten ziehen dürfen.»

Aufmunternd fügte er hinzu: «Und mach nicht so ein klägliches Gesicht! Unser Abenteuer hat erst angefangen!»

Anton preßte die Lippen zusammen und schwieg. Was sollte er auch anderes tun, da sein Vater offenbar entschlossen war, sich durch nichts – nicht einmal durch den Zwischenfall mit dem Eisengitter – von der Besichtigung der Ruine abhalten zu lassen!

Sie gelangten in einen verwilderten Garten. Hier war Anton auch in der Nacht des Vampirballs gewesen – zusammen mit Anna. Durch die große Tür des Haupthauses waren sie in den Garten gegangen, und Anton hatte nach den Modergerüchen im Festsaal dankbar die frische Nachtluft eingeatmet.

Dann hatte Anna plötzlich zu weinen angefangen – vor lauter Glück! – und war davongelaufen, und eine dunkle Stimme hatte Anton aus dem Garten zugerufen: Hier bin ich!

Schaudernd blickte Anton zu den Haselsträuchern hinüber. Ja, dort im Schutz der Sträucher hatte Tante Dorothee in der Nacht des Vampirballs auf ihn gelauert, und nur Annas Beherztheit und ihrem schnellen Eingreifen hatte Anton es zu verdanken, daß er in jener Nacht – nicht Vampir geworden war! Und heute abend, nach Sonnenuntergang, würde Anna bei den Sträuchern auf ihn warten ...

«Nun sind wir also im Reich der finsteren Fürstin!» hörte er seinen Vater belustigt sagen. «Tja – und finster ist es hier wirklich. Aber mehr, was den Zustand der Burg betrifft! Wenn ich mir vorstelle, daß diese Ruine einmal eine große Burganlage mit breiten Schutzmauern, Wehrgängen und Wachtürmen gewesen sein muß! Und jetzt ist alles so heruntergekommen ...»
Genau in dem Moment, als er «heruntergekommen» sagte, löste sich ein Stein aus dem Mauerwerk des Haupthauses und fiel zu Boden.
Anton stockte das Blut in den Adern, aber sein Vater sagte unbeschwert:
«Siehst du? Das war der Beweis für den traurigen Zustand der Burg.»
«Nein, das war die zweite Warnung», widersprach Anton.
Sein Vater lachte. «Anton, du bist ja fast so abergläubisch wie der Landkartenverkäufer in Langer Jammer! Ich glaube, darüber müssen wir mal mit Herrn Schwartenfeger reden!»
«Meinetwegen», sagte Anton zähneknirschend, «wenn wir nur schleunigst von hier verschwinden!»
«Nicht bevor ich einen Blick ins Innere dieses geheimnisvollen Bauwerks geworfen habe», erwiderte Antons Vater und fügte hinzu: «Außerdem interessiert es mich, ob es in diesem Gemäuer tatsächlich eine Orgel gibt!»
Damit steuerte er auf die Eingangstür zu und drückte den mit Rost überzogenen Griff nach unten. Die Tür öffnete sich mit einem tiefen knarrenden Laut.
Antons Vater lachte. «Na, durch dieses Portal ist bestimmt seit zwanzig Jahren niemand mehr gegangen.»
Wenn du wüßtest! dachte Anton, und zögernd trat er hinter seinem Vater in das Treppenhaus.

Eine sonderbare Spur

Es war ein hoher Raum, in dem die Zeichen des Verfalls unübersehbar waren. Die Decke hatte große Löcher, durch die helles Tageslicht hereinfiel, und der Boden war mit einer dicken Schicht von Steinen und Schutt bedeckt. Von der breiten geschwungenen Holztreppe, über die man früher einmal in das obere Stockwerk gelangt war, standen nur noch die untersten Stufen, und die drei Türen, die ins Innere der Burg führten, hingen morsch und schief in den Angeln.

«Wir sollten lieber gehen», meinte Anton, «bevor die Decke ganz herunterkommt.»

«Warte!» antwortete sein Vater und legte einen Finger auf den Mund. «Hörst du nichts?»

«Was soll ich denn hören?»

«In einer Burgruine muß man doch gruselige Geräusche hören – schauriges Stöhnen und Ächzen – tappende Schritte – das Huschen vorbeifliegender Geister ...»

«Geister?»

«Pst – nicht so laut! Wir müssen zuerst herausfinden, ob außer uns noch jemand hier ist!»

«Ob noch jemand hier ist?» wiederholte Anton. «Bestimmt nicht!» – Nicht mal die Vampire! fügte er in Gedanken hinzu – als er plötzlich eine sonderbare Spur entdeckte. Sie sah aus, als wäre ein breiter, schwerer Gegenstand durch das Treppenhaus gezogen worden, zum Beispiel – ein Sarg!

Und diese Spur führte direkt zur Kellertreppe!

Überrascht und verwirrt folgte Anton ihr mit den Augen. Hatte Anna nicht gesagt, die Vampire seien in einem Seiten-

flügel der Ruine untergekommen? Ob sie in der Zwischenzeit etwa hierher, ins Haupthaus, umgezogen waren?
Auf jeden Fall mußte Anton dafür sorgen, daß sein Vater unter keinen Umständen nach unten in den Keller ging. Denn neun Särge auf einem Fleck – und Anton wußte, daß die Vampire sich nie trennten –, das würde selbst seinen Vater mißtrauisch werden lassen. Und was dann passieren mochte – nein, das wollte Anton sich gar nicht erst vorstellen!
Zum Glück schien sein Vater der Spur überhaupt keine Bedeutung beizumessen – oder aber er hatte sie gar nicht bemerkt. Er sagte nur vergnügt: «Dieses Treppenhaus müßte Frau Puvogel sehen! Dann würde sie erst merken, wie sauber es bei uns im Haus immer ist!»
Anton blieb ernst – obwohl er Frau Puvogel mit ihrem Sauberkeitstick auch nicht ausstehen konnte. Aber ihn beschäftigte jetzt ausschließlich der Gedanke an die Vampire – und wie er es anstellen konnte, seinen Vater von hier wegzulocken.
«Du – du wolltest doch die Orgel sehen», sagte er. «Ich glaube, ich weiß, wo sie ist.»
«Du?»
«Ja!»
Entschlossen ging Anton auf die mittlere der drei Türen zu; denn er glaubte sich erinnern zu können, daß er in der Nacht des Vampirballs mit Anna durch diese Tür gekommen war.
«Wieso bist du dir eigentlich so sicher?» hörte er seinen Vater hinter sich fragen.
«Ach – ich habe nur so einen Riecher», antwortete er.
«Einen Riecher?» Sein Vater hustete laut. «Bei diesem Mief sollte man sich lieber die Nase zuhalten!»

Tatsächlich hatte Antons Gedächtnis ihn nicht im Stich gelassen: Nachdem sie ein Stück gegangen waren, gelangten sie in eine große leere Halle.
Besorgt musterte Anton den mit Scherben übersäten Boden – aber eine Schleifspur wie im Treppenhaus entdeckte er nicht.
Er seufzte erleichtert und ging weiter. Am anderen Ende der Halle befand sich die Tür zum Festsaal.
Beim Vampirball hatte im Schatten dieser Tür ein gräßlicher narbengesichtiger Vampir gestanden, der jeden Ankommenden mißtrauisch beäugte. Anton konnte sich noch gut erinnern, wie er unter den prüfenden Blicken des Vampirs vor Angst gezittert hatte! Jetzt bewachte niemand die Tür, und auch der Festsaal, wo hundert oder mehr Vampire getanzt hatten, bot ein Bild der Verlassenheit. Die schwarzen Grabtücher vor den Fensterhöhlen, die Leuchter mit den schwarzen Kerzen, die Tische und Stühle – nichts war mehr da.
Nur die Orgel stand noch auf der Empore – seltsam feierlich mit ihren kunstvollen Schnitzereien.
«Da ist ja wirklich eine Orgel!» staunte Antons Vater, und nachdem er sich von seiner Überraschung erholt hatte, ging er mit schnellen aufgeregten Schritten quer durch den Saal auf die Empore zu.
Anton wartete neben der Tür, bis sein Vater oben angekommen und hinter der Orgel verschwunden war.
Dann verließ er auf Zehenspitzen den Festsaal; denn jetzt konnte er sicher sein, daß sein Vater in der nächsten halben Stunde nur Augen für die Orgel haben würde! Und diese Zeit konnte Anton nutzen, um in den Keller zu gehen und nachzugucken, ob dort tatsächlich die neun Vampirsärge standen!

Draußen vor dem Festsaal begann Anton zu laufen.
Er lief, bis er das Treppenhaus erreicht hatte.
Und dann ging er langsam, mit wild klopfendem Herzen, die Kellertreppen hinunter ...

Der Geheimgang

Die Steintreppen, die in den Keller führten, schienen überhaupt kein Ende nehmen zu wollen. Und immer finsterer wurde es, je tiefer Anton kam. Zum Glück hatte er seine Taschenlampe dabei! Aber auch so, mit dem Lichtschein der Lampe, war es noch düster genug.
Anton fühlte sich wie tief unter der Erde, von aller Welt abgeschnitten – und daß draußen ein warmer, sonniger Frühlingstag war, konnte er sich kaum mehr vorstellen, je weiter er in das klamme, kalte Dunkel hinabschritt.
Dann endlich war die Treppe zu Ende, und er stand in einem niedrigen Gang, in dem es abscheulich nach Fäulnis und Moder roch. Die Wände waren feucht, mit Spinnweben überzogen. Auch der Boden war feucht und rutschig.
Einen Moment lang war Anton versucht, wieder umzukehren. Aber dann ging er doch vorsichtig weiter, den Lichtstrahl seiner Taschenlampe immer vor sich auf den Boden gerichtet.
Dabei mußte er an eine Geschichte denken, die er einmal gelesen hatte: sie handelte von einem Mann, der in einem unterirdischen Verlies gefangengehalten wurde, in dem es vollkommen finster war und in dessen Mitte eine tiefe,

mit Wasser gefüllte Grube darauf wartete, daß er hineinstürzte ...

Nein, eine solche Grube schien es hier nicht zu geben! stellte Anton erleichtert fest.

Plötzlich sah er, wie hinter einem Mauervorsprung ein Tier mit einem langen schuppigen Schwanz hervorgehuscht kam. Es musterte ihn, und im Lichtstrahl glühten seine Augen gespenstisch. Dann wandte es sich ab und verschwand im Dunkel des Gangs.

Anton zweifelte nicht daran, daß es nur eine Ratte gewesen sein konnte. Im ersten Augenblick war ihm ganz komisch zumute. Aber dann sagte er sich, daß gar kein Grund bestand, in Panik zu geraten, denn schließlich war die Ratte vor ihm davongelaufen!

Aber woher mochte die Ratte gekommen sein? Hinter dem Mauervorsprung mußte es zumindest eine Nische geben ...

Als Anton die Stelle erreicht hatte, erblickte er eine Öffnung in der Wand, die mit Steinen versperrt war.

Zwischen diesen Steinen könnte eine Ratte leicht hindurchschlüpfen – und wenn man die Steine beiseite räumte, sogar – ein Vampir!

Anton hatte das erregende Gefühl, als hätte ihm die Ratte ein Geheimnis preisgegeben ...

Er legte die Taschenlampe auf den Boden, und dann begann er, die oberen Steine herunterzuheben. Sie waren viel schwerer, als er gedacht hatte – aber schließlich hatte er es geschafft. Er nahm die Taschenlampe und leuchtete in die Öffnung hinein – und da gewahrte er einen weiteren Gang.

Dieser Gang war noch niedriger und enger als der Kellergang. Und während Anton todesmutig hineinstieg, merkte er schon nach wenigen Schritten, daß er auf dem richtigen

Weg war: in den Modergeruch mischte sich ein schwerer süßlicher Rosenduft – der Duft von Mufti Ewige Liebe! Er mußte daran denken, was Anna ihm über Mufti Ewige Liebe gesagt hatte: es würde bewirken, daß sie sich nie mehr einsam fühlten.
Und seltsam ... plötzlich kam es ihm vor, als wäre Anna an seiner Seite!
So gelangte er vor eine vermodert aussehende, wurmstichige Tür. Hier endete der Gang.
Anton nahm die Taschenlampe in die linke Hand, holte noch einmal tief Luft – und hätte beinahe einen Hustenanfall bekommen. Dann drückte er mit der rechten Hand die Klinke nach unten.

Die Vampirsärge

Die Tür öffnete sich mit einem schaurigen Ächzen, das Anton durch Mark und Bein ging – doch weiter geschah nichts. Als er mit klopfendem Herzen in das Dunkel hinein leuchtete, sah er ein Gewölbe, das mit schwarzen Särgen vollgestellt war. Obwohl er sich innerlich auf diesen Anblick eingestellt hatte, überlief es ihn kalt.
Er hatte die Vampirsärge zwar schon öfter gesehen – aber immer nur nachts, wenn die Vampire ausgeflogen waren ...
Zögernd trat Anton in den feuchten, entsetzlich modrig riechenden Raum hinein und ließ das Licht seiner Taschenlampe zuerst über die Särge gleiten. Sie waren allesamt geschlossen, stellte er erleichtert fest.

Dann leuchtete er die Wände und die Decke ab. Scheußlich waren die dichten Spinnweben, die wie Schleier von der Decke hingen, und die vielen Ritzen und Spalten, in denen bestimmt Scharen von Fledermäusen hingen.
Nein, daran durfte Anton gar nicht denken!
Er richtete den Lichtstrahl seiner Taschenlampe wieder auf die Särge – und erstarrte, als er feststellte, daß es nicht neun, sondern nur acht waren. Ein Sarg fehlte!
Anton zählte noch einmal: es waren wirklich nur acht Särge, sechs große und zwei kleine. Die beiden kleinen, das waren die Särge der Vampirkinder! Anton seufzte tief auf bei dem Gedanken, daß mit Anna und Rüdiger offenbar alles in Ordnung war.
Aber wessen Sarg war es, der fehlte?
Wenn es sich nun um den Sarg von Tante Dorothee handelte ...
Anton wußte, daß sie den Familienschatz verwahrte. Vielleicht hatte sie ihren Sarg deshalb in einen anderen, noch unzugänglicheren Teil der Ruine geschafft?
Aber es könnte auch der Sarg von Onkel Theodor sein ...
In dem unbewohnten Sarg von Onkel Theodor hatte sich der Einstieg zum Notausgang befunden. Also war es denkbar, daß die Vampire ihn in ihrer alten Gruft zurückgelassen hatten ...
Da sich die Vampirsärge äußerlich kaum unterschieden, gab es für Anton allerdings nur einen Weg, um das herauszufinden: er mußte in alle sechs großen Särge hineingukken! Er spürte, wie er eine Gänsehaut bekam.
Eigentlich kann mir gar nichts passieren! versuchte er sich selbst Mut zu machen. Er hatte auch früher schon einmal am Tage in den Sarg des kleines Vampirs geguckt – damals, als Rüdiger bei ihm im Keller gewohnt hatte. Da hatte der

Vampir wie ein Toter im Sarg gelegen, mit gläsern vor sich hin starrenden Augen, und war überhaupt nicht ansprechbar gewesen.
Und so stand es auch in den Büchern, die Anton gelesen hatte: daß Vampire tagsüber in einen todesähnlichen Schlaf fielen, aus dem sie durch nichts in der Welt geweckt werden konnten. Sie wurden erst wach, wenn die Sonne unterging.
Und genau aus diesem Grund waren die Vampire so gefährdet: denn wenn jemand sie schlafend entdeckte, konnten sie sich weder zur Wehr setzen noch fliehen.
Aber Anton wollte ihnen ja gar nichts tun – nur einen kurzen Blick in die Särge werfen ...
Er sah noch einmal auf seine Armbanduhr. Es war drei Uhr nachmittags, der Sonnenuntergang würde also noch ein paar Stunden auf sich warten lassen.
Entschlossen legte er seine Taschenlampe auf den kleinen Sarg, von dem er annahm, daß er Rüdiger gehörte. Dann machte er sich daran, im Lichtschein der Taschenlampe den großen Sarg zu öffnen, der daneben stand.
Es war ein hartes Stück Arbeit, bis er den schweren Deckel zur Seite geschoben hatte.
Ein Geruch nach Moder und Mottenpulver schlug ihm entgegen. Puh! Anton hustete.
Er griff sich die Taschenlampe, und beklommen richtete er ihren Lichtstrahl in den Sarg.

Der Schrei

Vor ihm, auf lila Samt gebettet, lag eine kleine Frau mit schlohweißen Haaren, die zu einem altmodischen Knoten aufgesteckt waren, und einer über und über von Runzeln und Fältchen durchzogenen Haut.

Ihre grauen Augen blickten starr geradeaus, und sie machte einen vollkommen leblosen Eindruck. Nur ihr Mund mit den sehr weißen, spitzen Vampirzähnen lächelte im Schlaf ...

Bestimmt war das Sabine die Schreckliche, die Großmutter von Anna und Rüdiger und Lumpi, die der erste Vampir in der Familie von Schlotterstein gewesen war, wie Rüdiger ihm erzählt hatte.

Neben ihr im Sarg lagen ein Krückstock, eine schwarze, perlenbestickte Tasche, schwarze Handschuhe, schwarze Samtpantoffeln und ein goldenes Buch.

Anton beugte sich herab, um die Buchstaben auf dem abgegriffenen Goldeinband zu lesen.

«Chronik ... der ... Familie ... von Schlotterstein», entzifferte er mit einiger Mühe. «Chronik» – war das nicht eine Art Tagebuch? Wenn das stimmte, dann müßte das Buch ja sensationelle Enthüllungen über die Vampirsippe enthalten! Schon wollte Anton das Buch aus dem Sarg nehmen – da erscholl auf einmal eine Folge von langgezogenen grauenvollen Heultönen.

Anton war vor Schreck wie gelähmt.

Erst allmählich begriff er, daß es nur die Orgel war, die er hörte. Anscheinend hatte sein Vater es geschafft, sie in Gang zu setzen.

Erleichtert atmete er auf. Jetzt fand er die scheußliche, ver-

Chronik der Familie von Schlotterstein

zerrt klingende Orgelmusik sogar recht günstig: denn solange sie ertönte, brauchte er nicht zu fürchten, daß sein Vater ihn hier unten überraschte!
Er nahm noch einmal seinen ganzen Mut zusammen – dann hob er das goldene Buch vorsichtig aus dem Sarg.
Nachdem er sich vergewissert hatte, daß Sabine die Schreckliche noch genauso leblos dalag, schlug er mit vor Aufregung zitternden Fingern die erste Seite auf.
Anton erblickte dünnes, gelbliches Papier, das mit einer schwarzen Tintenschrift eng beschrieben war.
Doch wie groß war seine Enttäuschung, als er nicht ein Wort, nicht einen Buchstaben entziffern konnte! Entweder war es eine Geheimschrift – oder eine alte, längst vergessene Schrift!
Schließlich mußte Anton das goldene Buch in den Sarg zurücklegen, ohne etwas von seinem geheimnisvollen Inhalt erfahren zu haben. Aber immerhin wußte er jetzt, daß es eine solche Familienchronik gab! Und wenn er Anna heute abend traf, würde er sie bitten, beim nächstenmal das Buch mitzubringen und ihm daraus vorzulesen!
Er legte die Taschenlampe wieder auf den kleinen Sarg und schloß den Deckel über Sabine der Schrecklichen. Dann trat er an den nächsten großen Sarg.
Als er den Deckel ein Stück zur Seite geschoben hatte und mit der Taschenlampe ins Sarginnere leuchtete, erblickte er eine große, hagere Frau mit weitgeöffneten blauen Augen, die bewegungslos ins Leere starrten.
Das mußte Hildegard die Durstige sein!
Und durstig sah sie wirklich aus – mit ihrem breiten Mund und den weit herausragenden Eckzähnen, die im Licht der Taschenlampe gräßlich aufblitzten.
Sie hatte eine lange gebogene Nase und scharf geschnittene

Gesichtszüge, die ihr etwas Raubvogelartiges gaben. Ihre Hände mit den überlangen, blutrot lackierten Nägeln kamen Anton wie Krallen vor – bereit zuzupacken! Und das war nun die Mutter von Anna, Rüdiger und Lumpi ... Brrr! Anton schauderte.
Hastig versuchte er, den schweren Deckel wieder über den Sarg zu zerren – ohne daran zu denken, daß er noch die Taschenlampe in der Hand hielt.
Sie entglitt ihm, fiel zu Boden – und verlosch!
Von einer Sekunde zur anderen stand Anton in völliger Finsternis. Um ihn herum war es so pechschwarz, daß er nichts – absolut nichts – erkennen konnte.
Und dann die Modergerüche, an denen er jetzt, im Dunkeln, fast zu ersticken glaubte ... Und dazu die schauerlichen Orgelklänge ...
Anton hatte das Gefühl, daß er gleich ohnmächtig werden würde. In seinen Ohren sauste es, und ihm war ganz schwindlig.
Aber nein, er mußte dagegen angehen! Wenn er jetzt ohnmächtig wurde, dann würden ihn die Vampire entdecken, sobald sie erwachten, und dann ... dann könnten ihn nicht einmal mehr Rüdiger oder Anna retten!
Anton kniff sich in den Arm, bis er vor Schmerz laut aufschrie. Aber der Schmerz bewirkte, daß er wieder etwas klarer denken konnte.
Er bückte sich und tastete nach der Taschenlampe. Immerhin bestand noch eine gewisse Hoffnung, daß sie nicht ganz kaputtgegangen war, sondern daß vielleicht nur die Batterien verrutscht waren!
Als seine Finger den eiskalten, glitschigen Boden berührten, zuckte er entsetzt zurück. Doch Anton biß die Zähne zusammen und suchte weiter. Es schien eine Ewigkeit zu

dauern, bis seine Fingerspitzen gegen das Metallgehäuse der Taschenlampe stießen.
Er hob sie auf und schüttelte sie ein paarmal – und wie durch ein Wunder leuchtete sie wieder! Antons Erleichterung war so groß, daß er einen Augenblick ungläubig und fassungslos auf den hellen Lichtschein starrte.
Dann stürzte er zur Tür und drückte mit der linken Hand die Klinke herunter. Mit der rechten Hand hielt er die Taschenlampe – seinen kostbarsten Besitz hier unten! – fest umklammert.
Langsam, widerstrebend öffnete sich die schwere Tür, und Anton lief in den niedrigen Gang hinein.
Erst als er den höheren, breiteren Kellergang erreicht hatte, blieb er stehen.
Sein Herz klopfte zum Zerspringen, und noch immer hatte er dieses Schwindelgefühl im Kopf.
Aber er konnte nicht einfach weiterlaufen – er mußte zuerst die Steine wieder vor die Öffnung schaffen.
Ganz vorsichtig legte er die Taschenlampe auf den Boden und begann, die Steine übereinander zu stapeln. Sie kamen ihm jetzt beim Hochheben noch schwerer vor.
Als er damit fertig war, fiel ihm voller Schrecken ein, daß er vergessen hatte, den Sargdeckel über Hildegard der Durstigen wieder richtig zuzuziehen ...
Er spürte, wie sich ihm allein bei dem Gedanken, in das finstere Gewölbe zurückkehren zu müssen, die Haare sträubten!
Aber wenn er den Sargdeckel nicht richtig zuzog, schöpften die Vampire bestimmt Verdacht! Andererseits – es könnte doch auch sein, daß Hildegard die Durstige sich im Schlaf aufgebäumt und dabei den Deckel selbst verschoben hatte!

Während er noch zögerte, brach unvermittelt die Orgelmusik ab. In der Stille, die eintrat, hörte Anton einen Schrei – ein lautes, schmerzvolles «Auu!».
Und dann noch einmal: «Auu!»
Das war die Stimme seines Vaters!
Da rannte Anton los, den feuchten, rutschigen Gang entlang, die Steintreppen hinauf.

Der reitende Tod

Oben im Treppenhaus traf ihn das helle Tageslicht wie ein Schlag, und er mußte die Augen zukneifen. Als er sie vorsichtig wieder öffnete, sah er seinen Vater aus der mittleren Tür kommen. Er war sehr blaß und hielt seine rechte Hand merkwürdig schief vom Körper weg.
«Vati, was hast du?» rief Anton bestürzt.
«Nur ein dummes Mißgeschick», wehrte sein Vater ab und bewegte die Finger seiner rechten Hand, als wollte er prüfen, ob sie gebrochen wären.
«Was ist denn passiert?»
«Ach – die eine Pedaltaste für den Blasebalg hatte sich verklemmt, und als ich sie mit der Hand wieder hochziehen wollte, bin ich steckengeblieben und habe mir die Finger gequetscht.»
«Gequetscht?»
Anton musterte die rechte Hand seines Vaters. Der Zeigefinger, der Mittelfinger und der Ringfinger waren geschwollen und blaurot angelaufen, und an den Spitzen bluteten sie.

«Das tut bestimmt furchtbar weh!»
«Es geht», sagte sein Vater. «Aber deswegen brauchst *du* ja nicht in Ohnmacht zu fallen!»
«Ich? In Ohnmacht?» Anton schluckte.
«Du siehst aus wie der reitende Tod», witzelte sein Vater, «kreidebleich und völlig verschwitzt. Man könnte meinen, *du* hättest dir die Finger gequetscht!»
«So?» tat Anton überrascht. In Wirklichkeit fand er es nur natürlich, daß er nicht wie das blühende Leben aussah – nach dem, was er im Gewölbe der Vampire durchgemacht hatte!
«Es wundert mich allerdings, daß du kein Blut sehen kannst», fuhr sein Vater fort, «du mit deinen blutrünstigen Geschichten!»
«Blutrünstige Geschichten? Ich weiß nicht, wovon du sprichst!» entgegnete Anton. Dabei hatte er genau verstanden, worauf sein Vater anspielte.
«Deine Vampirgeschichten!»
«Vampirgeschichten müssen nicht blutrünstig sein», erwiderte Anton würdevoll. «Du solltest mal ‹Der Vampir – Wahrheit und Dichtung› lesen!»
«Vielleicht komme ich in den nächsten Tagen mehr zum Lesen, als mir lieb ist», sagte sein Vater und preßte die Lippen zusammen. Offenbar hatte er doch starke Schmerzen und wollte es Anton nur nicht merken lassen. Mit der linken Hand zog er ein Papiertaschentuch aus der Hosentasche und wickelte es um seine verletzten Finger, die noch weiter angeschwollen waren.
«Komm, gehen wir zur Höhle zurück! Es wird das beste sein, wenn ich mich eine Weile hinlege!»

Jammer-Rundschau

In der Höhle behandelte Antons Vater seine Finger mit Jodtinktur aus der Reiseapotheke. Dabei verzog er sein Gesicht, als würde er auf einer Zitrone herumbeißen.
«Aber es hilft!» sagte er mit rauher Stimme.
Dann legte er sich auf seinen Schlafsack und bat Anton, ihm aus der «Jammer-Rundschau» vorzulesen, die er am Morgen aus Langer Jammer mitgebracht hatte.
Nicht gerade begeistert – denn was konnte in so einem Käseblatt schon stehen – schlug Anton die Zeitung auf und begann beim Licht seiner Taschenlampe wahllos etwas vorzulesen: «Standesamtnachrichten. Das Standesamt Jammertal beurkundete in der Zeit vom 26. März bis 12. April folgende Personenstandsfälle –»
Anton brach ab und las das Wort noch einmal:
«Personen-stands-fälle ... Das klingt, als wäre da jemand umgefallen!» meinte er grinsend.
Dann fuhr er mit gleichförmiger, leiernder Stimme fort:
«Geburten: Peter Plunder, Langer Jammer, Eva Kuhhaupt, Kurzer Jammer.
Eheschließungen: Johann Wolfgang Schiller mit Hermine Hackebeil, beide Langer Jammer, Hauptstraße 11.
Sterbefälle: sieben.»
Sieben Sterbefälle? Anton spürte, wie es ihn kalt überlief. Er warf einen raschen Blick auf seinen Vater und stellte erleichtert fest, daß er eingeschlafen war. Das mit den Sterbefällen hatte er bestimmt nicht mehr gehört ...
Hastig ging Anton nach draußen, vor die Höhle, und blätterte die Zeitung nach weiteren Informationen über die

vielen Sterbefälle durch. Endlich, auf der vorletzten Seite, zwischen einem Artikel über den Club junger Briefträger und einem Bericht über eine Vierlingsgeburt bei einem Schwarzkopfschaf fand er ein paar aufschlußreiche Zeilen:

Frischgemüse und Leber

Wie der Redaktion erst jetzt bekannt wurde, ist der arbeitslose Damenschneider Friedhelm W. an den Folgen der Frühjahrsmüdigkeit gestorben, unter der er seit einigen Wochen litt. Da immer mehr Menschen über Frühjahrsmüdigkeit mit den so charakteristischen Zeichen wie Mattigkeit, Kopfschmerzen, Blässe und Blutarmut klagen, empfiehlt die Jammer-Krankenkasse allen Betroffenen den Verzehr von Frischobst und Frischgemüse, Spaziergänge an der frischen Luft und das Schlafen bei geöffnetem Fenster. Auch Leber darf gern und reichlich gegessen werden.

Frischobst, Frischgemüse und Leber? Anton mußte grinsen. Wie gut, daß die Krankenkasse nichts von Knoblauch zu halten schien; der wäre wohl das einzige Mittel gegen diese Form von «Frühjahrsmüdigkeit» – und natürlich das Schließen der Fenster in der Nacht!
Er überlegte, ob er die Zeitung lieber verschwinden lassen sollte. Aber es war ziemlich unwahrscheinlich, daß sein Vater noch darin lesen würde – mit seinen gequetschten Fingern konnte er sie ja kaum festhalten. Und falls er doch noch einen Blick hineinwerfen sollte, würde er sich bestimmt nicht für *«Frischgemüse und Leber»* interessieren!

Die Zeit bis zur Dunkelheit

Den Rest des Nachmittags verbrachte Anton vor der Höhle. Er aß die letzten drei Brötchen und las eine Geschichte aus seinem neuen Buch. Sie hieß «Der Sauger» und erzählte von einem Jungen, der schon als Baby eine auffallende Vorliebe für die Farbe Rot an den Tag legte, mit drei Jahren nur noch im Keller schlafen und sich von Rote-Beete-Saft ernähren wollte und der, als er zur Schule kam, gleich in der ersten Stunde seiner Lehrerin in den Finger biß.
Die Geschichte gehörte zwar zum Bereich der «Dichtung» und nicht zur «Wahrheit», denn schließlich kann niemand bereits als Vampir auf die Welt kommen. Doch sie war sehr spannend und unterhaltsam geschrieben – so spannend, daß Anton erschrocken aufsprang, als er plötzlich be-

merkte, daß die Sonne schon sehr niedrig stand und bald untergehen würde.
Unruhig spähte er zur Ruine hinüber. Ihre eingefallenen Mauern boten vor der sinkenden Sonne einen gruseligen Anblick – wie aus einem Alptraum!
Sollte er wirklich allein dort hingehen und bei den Haselsträuchern auf Anna warten, so wie sie es verabredet hatten?
Er spürte, wie sein Herz schneller klopfte.
Aber hatte er sich bisher nicht immer auf Anna verlassen können? Sie würde bestimmt auch heute nacht dafür sorgen, daß ihm nichts passierte!
Allerdings wollte Anton warten, bis es richtig dunkel geworden war. Dann, so nahm er an, würden fast alle Vampire abgeflogen sein – mit Ausnahme von Tante Dorothee, die ja heute, wie Anna ihm erzählt hatte, ihren Vampirtag feierte und deshalb völlig ungefährlich war.
Anton ging in die Höhle, schaltete seine Taschenlampe ein und betrachtete seinen Vater, der ganz fest schlief. Auch als Anton sich auf seinen Schlafsack neben ihm setzte, das Buch «Der Vampir – Wahrheit und Dichtung» wieder aufschlug und zu lesen begann, wachte er nicht auf.
Um sich die Zeit bis zur Dunkelheit zu vertreiben, las Anton noch eine Geschichte: «Bluterli – Ein Vampir in der Schweiz». Erst danach zupfte er seinen Vater am Ohrläppchen – ein sicheres Mittel, um ihn zu wecken, wie Anton wußte.
Sein Vater schlug die Augen auf und fragte benommen: «Was ist denn?»
«Ich wollte nur fragen, ob du etwas brauchst!»
«Ob ich etwas brauche?» Er schloß die Augen wieder. «Nein.»

«Und was macht deine Hand?»
«Meine Hand?» Antons Vater seufzte tief. «Tut weh.»
Nach einer Pause fuhr er fort: «Sei so lieb, Anton, laß mich schlafen! Das ist im Moment das allerbeste für mich.»
«Gut», sagte Anton und hatte Mühe, sich nicht anmerken zu lassen, wie prima ihm das in seine Pläne paßte.
«Ich geh noch ein bißchen raus, Sternenhimmel angucken und so.»
Ob Antons Vater das nun verstanden hatte oder nicht – jedenfalls murmelte er: «Ja», und Anton konnte aus der Höhle schlüpfen.
Draußen wartete er noch eine Weile.
Als in der Höhle alles ruhig blieb, machte er sich, innerlich vor Aufregung bebend, auf den Weg ins Jammertal.

Wahre Freundschaft

Es war derselbe Weg, den er auch am Nachmittag mit seinem Vater gegangen war: den Abhang hinunter, über den Bach und durch den weiten, von kleinen Hügeln durchzogenen Talgrund.
Aber jetzt, im Mondlicht, wirkte alles verändert und fremd. Die Bäume kamen Anton wie große Gespensterwesen vor, und er mußte ständig aufpassen, daß er nicht über Baumwurzeln und herumliegende Äste stolperte oder auf losen Gesteinsbrocken ausrutschte.
Ein paarmal war er nahe daran, seine Taschenlampe einzu-

schalten. Aber er tat es nicht – aus Angst, entdeckt zu werden. Unter keinen Umständen durfte er die Vampire, die vielleicht noch in der Nähe waren, auf sich aufmerksam machen, weder durch verdächtige Geräusche noch durch einen Lichtschein!

Als Anton die Anhöhe hinaufgestiegen war, die zur Ruine führte, und das Burgtor mit dem unheimlichen Fallgitter sah, mußte er erst einmal Atem schöpfen. Vor Erregung und Anspannung schien sein Herz förmlich zerspringen zu wollen.

Er blieb im Schatten eines Baumes stehen und blickte zur Ruine hinüber. Wenn er nicht gewußt hätte, daß dort drüben Anna auf ihn wartete ... Während er noch an sie dachte, spürte er plötzlich, wie ihm jemand von hinten auf die Schulter tippte.

Wie vom Blitz getroffen fuhr Anton herum – und blickte in das leichenblasse Gesicht des kleinen Vampirs.

«Rüdiger?» stammelte er.

«Ganz schön mutig von dir, hierherzukommen!» meinte der kleine Vampir. «Sozusagen: todesmutig!»

«Ich ...» rang Anton nach Worten. Er war so verwirrt, daß er keinen klaren Gedanken fassen konnte. «Ich wollte ... ich sollte ...»

«Du kannst von Glück sagen, daß du mir begegnet bist!» meinte der Vampir mit knarrender Stimme. «Und nicht meiner Großmutter!»

«Sabine der Sch-Schrecklichen?» stotterte Anton.

«Oder meinem Großvater, Wilhelm dem Wüsten!» knurrte der Vampir.

«Aber ich dachte, die wären längst abgeflogen», murmelte Anton.

«Abgeflogen?» Der Vampir musterte Anton mit funkelnden Augen. «Kannst du dir nicht vorstellen, was heute nach dem Aufwachen bei uns los war?»

«Nein – was denn?»

«Meine Mutter war außer sich! Und Tante Dorothee bekam einen Herzanfall!»

«Einen Herzanfall?»

«Ja! Und wenn Anna nicht alle Schuld auf sich genommen hätte, dann ... dann hätte vermutlich dein letztes Stündlein geschlagen!»

«Mein ... letztes Stündlein?» wiederholte Anton zitternd.

«Allerdings! Du bist es doch gewesen, der in unserer neuen Gruft herumgeschnüffelt hat! Oder etwa nicht?»

«D-doch», sagte Anton kläglich.

«Ha, wie konntest du so dämlich sein, den Sarg meiner Mutter halboffen stehenzulassen! Du weißt doch, daß wir Vampire nicht den kleinsten Finger rühren können, wenn wir schlafen! Also haben meine Verwandten sofort vermutet, daß ein *Mensch* in unserer Gruft gewesen sein muß!»

Anton sträubten sich die Haare. «Und?» fragte er angstvoll.

«Sie wollten gleich das ganze Jammertal nach ihm absuchen. Und wenn Anna nicht gesagt hätte, *sie* hätte den Deckel verschoben ...»

«Das hat Anna gesagt?»

«Ja. Sie hat behauptet, sie hätte geträumt, Friedhofswärter Geiermeier wäre ins Jammertal gekommen. Er hätte ein großes schwarzes Netz über dem Burgturm ausgespannt, und in diesem Netz hätte er unsere Mutter, Hildegard die Durstige, gefangen. Und von diesem schrecklichen Traum wäre Anna wach geworden, und zitternd vor Angst wäre sie zum Sarg unserer Mutter gelaufen , um nachzugucken, ob sie noch drin wäre. Beim Anblick unserer Mutter wäre

sie so erleichtert gewesen, daß sie vergessen hätte, den Deckel wieder zuzumachen.»
Erschöpft von der langen Rede schwieg der Vampir.
«*Wach* geworden?» fragte Anton verwundert. «Geht das denn überhaupt bei Vampiren?»
«Normalerweise nicht», antwortete Rüdiger. «Aber Anna hat zugegeben, daß sie immer noch – brr! – Milch trinkt. Und deshalb ist sie eben immer noch kein fertiger Vampir.
Aber natürlich hat sie Ärger bekommen!» fügte er hinzu. «Und den hatte sie auch verdient!»
«Sie hat Ärger bekommen?» fragte Anton erschrocken.
«Allerdings! Meine Großmutter hat gesagt: es ist eine Schande für die ganze Familie, wie lange bei ihr das Vampirwerden dauert!»
«Arme Anna!» sagte Anton leise und dachte daran, daß sie das alles nur für ihn tat.
Seinetwegen wollte sie kein richtiger Vampir werden – und nur um ihn zu schützen, hatte sie behauptet, *sie* hätte den Sargdeckel verschoben ...
«Was sagst du da: arme Anna?» schnaubte der Vampir. «Ich bin dir wohl ganz egal, wie? Dann hätte ich es mir ja sparen können, herzukommen!»
«N-nein!» sagte Anton hastig. «Ich – ich finde es ganz toll, daß du hergekommen bist!»
«Toll?» sagte der Vampir empört. «Wenn du es nur ‹toll› findest, gehe ich lieber wieder!»
«Nein, ich finde es sogar sehr toll, ich ...» Anton suchte nach den passenden Worten, um den aufgebrachten Vampir zu versöhnen. «Ich finde: es ist wahre Freundschaft!» sagte er dann.
Das schien dem Vampir zu gefallen. Ein befriedigtes Lächeln huschte über sein Gesicht.

«Klingt schon besser», sagte er geschmeichelt, und mit einem Grinsen fügte er hinzu: «Aber Anna kann einem wirklich leid tun! Sie muß nämlich zur Strafe für ihre Vergeßlichkeit heute nacht bei Tante Dorothee bleiben und Krankenschwester spielen!»

«Krankenschwester? Steht es denn so schlimm um Tante Dorothee?»

«Nein. Sie ist doch schon – ähem – tot. Wahrscheinlich will sie nur Gesellschaft haben, heute, an ihrem Vampirtag! Bestimmt muß sich Anna die ganze Nacht ihre Geschichten über Onkel Theodor anhören.»

«Dann hatte sie gar keinen richtigen Herzanfall?»

«Wer weiß?» Rüdiger grinste breit. «Vielleicht war es auch nur – zu starker Blutandrang!»

«Zu starker Blutandrang?»

Der kleine Vampir lachte krächzend. «Du kennst doch Tante Dorothee!»

«Kennen?» schrie Anton auf. «Nein!»

«Pst!» ermahnte ihn der Vampir. Er trat ganz nah an Anton heran und legte ihm seinen mageren, eiskalten Zeigefinger auf die Lippen. «Oder willst du, daß meine Mutter dich hört? Oder meine Großmutter?»

«N-nein», stotterte Anton.

«Na also!» Der kleine Vampir machte ein zufriedenes Gesicht. «Gehen wir lieber zu dir. Da können wir uns in Ruhe unterhalten!»

«Zu mir?»

«Ja, in dein niedliches Stoffhäuschen, von dem mir Anna erzählt hat. Deine Eltern sind doch bestimmt ausgegangen, tanzen oder ins Kino!»

«Nein! Ich ... wir wohnen in einer Höhle, und mein Vater ist krank...»

«Krank?» Der Vampir zog finster die Augenbrauen zusammen. «Dann können wir gar nicht zu dir?»
Anton schüttelte den Kopf.
«Auch das noch!» knurrte der Vampir. «Erst muß ich deinetwegen meine Männergruppe sausen lassen, und dann kriege ich nicht mal dein Stoffhäuschen zu sehen!»
«Männergruppe?» fragte Anton verblüfft. «Ich wußte gar nicht, daß du in einer Männergruppe bist.»
Der kleine Vampir reckte stolz sein Kinn. «Tja...» sagte er nur und schien sich dabei sehr überlegen zu fühlen.
«Und was macht man in so einer Gruppe?» erkundigte sich Anton.
«Was man macht?» Der kleine Vampir strich mit einer ziemlich gekünstelten Handbewegung seine langen, verfilzten Fransen aus der Stirn. «Heute nacht steht zum Beispiel Kegeln auf dem Programm.»
«Kegeln?» wiederholte Anton ungläubig.
«Jawohl, Kegeln!» herrschte der Vampir ihn an. «Und ich möchte wetten, daß du nicht den blassesten Schimmer hast, wie man kegelt.»
«So, glaubst du?» sagte Anton bissig. «Ich habe schon oft gekegelt!»
«Ehrlich?» fragte der Vampir mit plötzlich ganz veränderter Stimme. «Dann kannst du mir vielleicht ein paar Tricks beibringen?»
«Tricks?»
«Ja! Damit ich auch mal erster werde – und nicht immer nur Lumpi oder Jörg der Aufbrausende.»
«Sind die auch in der Männergruppe?»
«Klar! Jörg hat die Gruppe gegründet! Und Lumpi ist extra zu ihm gezogen – damit sie mehr Zeit haben, über die Männergruppe zu reden.»

Anton horchte auf. «Lumpi wohnt nicht mehr in der Ruine?»
«Nein. Er ist schon vor vier Wochen ausgezogen.»
«Ach, deshalb», murmelte Anton. Jetzt wußte er, daß es Lumpis Sarg gewesen war, der gefehlt hatte!
«Wenn du so prima kegeln kannst – warum kommst du nicht mit?» unterbrach der Vampir seine Gedanken.
«Mitkommen? Wohin denn?» fragte Anton.
Der Vampir lachte heiser. «Ins Wirtshaus zum Jammerlappen!» antwortete er, und zu Antons Überraschung zog er unter seinem muffigen Vampirumhang einen zweiten hervor. «Hier, nimm! Du kannst ihn behalten – bis zur nächsten Inventur.»
Und als Anton den Umhang nicht sofort überstreifte, rief er ungeduldig: «Was ist? Zieh ihn an! Und unterwegs erklärst du mir dann deine Tricks!»

Ich will so bleiben, wie ich bin

Doch Anton zögerte noch immer. «Ich weiß nicht, ob das eine gute Idee ist», sagte er.
«Wieso nicht?» rief der Vampir aufgebracht. «Willst du deine Tricks etwa für dich behalten?»
«Nein. Es ist nur wegen Jörg dem Aufbrausenden. Ich habe ja keine Ahnung, wie er ist ... ich meine, zu – ähem – Menschen!»
Der kleine Vampir grinste. «Oh – sehr zupackend!»
Anton lief ein Schauer über den Rücken. Aber dann sagte

er sich, daß Rüdiger ihm wahrscheinlich nur einen Schrekken einjagen wollte.
«Du weißt genau, daß ich kein Vampir werden will!» erklärte er. «Und ich will auch nicht gebissen werden, nicht von dir, nicht von Anna und nicht von Jörg dem Aufbrausenden! – Ich will so bleiben, wie ich bin!» fügte er hinzu.
«Schon gut, schon gut», sagte der Vampir und lachte wie über einen gelungenen Scherz. «Dachtest du, ich würde zulassen, daß Jörg der Aufbrausende bei meinem besten Freund ...? Nein, nein, keine Sorge! Du sollst nur draußen vor der Kegelbahn warten – für den Fall, daß ich mal einen Tip brauche.»
«Draußen warten?» sagte Anton empört. «Das ist ja eine Zumutung!»
Der kleine Vampir kicherte. «Ja, Mut braucht man schon dazu! – Außerdem ist es wahre Freundschaft!
So, und nun zieh endlich den Umhang über! Sonst ist der Kegelabend vorbei, bevor wir da sind!»
Widerstrebend streifte Anton den Vampirumhang über, machte ein paar zaghafte Bewegungen mit den Armen und schwebte. Er bewegte die Arme stärker – und flog!
Er spürte ein Kribbeln im Bauch – und wenn da nicht der Gedanke an Lumpi und an Jörg den Aufbrausenden gewesen wäre, hätte er einen lauten Freudenschrei ausgestoßen. Aber so biß er die Zähne zusammen und flog mit ängstlich klopfendem Herzen hinter Rüdiger her.
Zuerst hatte es den Anschein, als würde der kleine Vampir denselben Weg fliegen, auf dem Anton und sein Vater ins Jammertal gekommen waren.
Aber dann bog er dort, wo die Straßenbiegung war, nach links ab, während es rechts nach Langer Jammer ging. Sie flogen nun über einem großen dunklen Waldstück.

«Ist es noch weit?» fragte Anton beklommen.

«Machst du schon schlapp?» erwiderte der Vampir grinsend.

«Nein!»

«Würde mich auch wundern», meinte der Vampir. «Du fliegst nämlich schon fast wie ein richtiger Vampir!

Aber du gehörst ja auch beinahe zur Familie!» fügte er

hinzu. «Ich schätze, du bist nur deshalb in unsere Gruft gekommen, weil du endlich deine – hihi! – Schwiegermutter sehen wolltest!»
«Sehr lustig!» knurrte Anton.
«Oder warum sonst?» fuhr der Vampir ihn an. Anscheinend ärgerte es ihn, daß Anton über seinen Witz nicht lachen konnte.
«Warum?» wiederholte Anton, um Zeit zu gewinnen. Daß er sich Sorgen um Anna und Rüdiger gemacht hatte, wollte er nicht zugeben. «Weil ich meine Bücher wiederhaben wollte!» behauptete er.
«Deine Bücher?» sagte der Vampir verdutzt. Für einen Moment wirkte er verlegen.
Doch dann schnaubte er: «Du bist der schlimmste Egoist, der mir je begegnet ist! Wir Vampire mußten unseren Friedhof verlassen, wir mußten uns eine neue Heimstatt suchen und einen neuen – ähem – Wirkungskreis, und da denkst du an ... Bücher!»
Anton grinste in sich hinein und schwieg.
Nachdem sie eine Weile stumm nebeneinander hergeflogen waren, meinte Anton: «Übrigens – *ein* Buch habe ich doch gesehen.»
«So?» tat der Vampir gleichgültig.
«Ja. Es war uralt und hatte einen Goldeinband, und auf dem Deckel stand: ‹Chronik der Familie von Schlotterstein›.»
«Was?» schrie der Vampir auf. «Du hast unsere Familienchronik gefunden?»
«Ja. Aber ich konnte sie sowieso nicht lesen. Es ist doch eine Geheimschrift, oder?»
«Eine Geheimschrift? Wie man's nimmt ... Es ist eine Schrift, die nur Vampire lesen können!»
«Nur – Vampire?»

«Jawohl! Du wirst sie also erst lesen können, wenn du Vampir geworden bist!»
«Ich – ich will sie gar nicht lesen können!» erwiderte Anton hastig.
«Nicht?» sagte der Vampir mit sehr sanfter Stimme. «Möchtest du nicht wissen, wie alles anfing, damals in Transsylvanien?»
«Doch –»
«Siehst du! Und das steht alles in unserer Familienchronik!»
«Aber du könntest mir doch daraus vorlesen», schlug Anton vor. «Besonders *deine* Geschichte, die interessiert mich am meisten.»
«Ist das wahr?» fragte der Vampir geschmeichelt. «Mehr als die von Anna?»
«Ja!»
«Na schön», meinte der Vampir leutselig. «Ich werde sehen, was ich für dich tun kann.»
Und mit seiner normalen Vampirstimme setzte er hinzu: «Mach dich bereit! Wir sind da!»

Kegelbrüder

Überrascht schaute Anton nach unten und erkannte ein dunkles Gebäude. Es lag zwischen hohen Bäumen und hatte einen langgestreckten, flachen Anbau. Wahrscheinlich ist in dem Anbau die Kegelbahn! dachte Anton und spürte, wie er eine Gänsehaut bekam.

Sie landeten vor dem Haus, das einen unbewohnten, verwahrlosten Eindruck machte. Es hatte keine Fensterscheiben mehr, und die Haustür lag zerbrochen neben dem Eingang. Schwarz und gespenstisch gähnten ihnen die leeren Öffnungen entgegen.
Nur in dem langen flachen Teil, der rechts an das Haus angebaut war, sah Anton jetzt einen Lichtschein ...
«Urgemütlich hier, was?» sagte der kleine Vampir.
In diesem Augenblick ertönte ein ohrenbetäubendes Krachen, das Anton am ganzen Körper erzittern ließ.
Dann schrie jemand: «Verdammt, wieder nicht getroffen!» und eine zweite Stimme antwortete mit einem dröhnenden, schadenfrohen Gelächter, in das auch der kleine Vampir mit einstimmte.
«Hihi», kicherte er, «Lumpi hat daneben gekegelt! Dann werde ich gewinnen! Dies wird meine Nacht!»
Und indem er Anton mit seinem spitzen Ellenbogen schmerzhaft in die Seite stieß, zischte er: «Nun sag mir endlich deine Tricks!»
«Meine – Tricks?» murmelte Anton. «Ich – äh – muß erst mal die Kegelbahn sehen und die Kegel ...»
«Gut! Dann schleich rüber und guck durch ein Fenster! Und ich werde dir etwas vorkegeln!»
Damit verschwand der kleine Vampir im Haus, und Anton ging auf Zehenspitzen weiter. Zum Glück stand gleich vor dem ersten Fenster im Anbau ein dicker Busch, hinter dem Anton sich verstecken konnte. Vorsichtig schob er die Zweige zur Seite und spähte mit banger, angstvoller Erwartung in das von Kerzen erleuchtete Innere der Kegelhalle.
Zuerst sah er nur eine kahle Wand. Aber dann trat eine kräftige, in einen schwarzen Umhang gekleidete Gestalt in

sein Blickfeld. Es war ein glatzköpfiger Vampir, der eine große Kugel in seiner rechten Hand hielt: Jörg der Aufbrausende.
Anton hatte ihn noch nie aus der Nähe gesehen, und er erschrak über die wenig anziehenden Gesichtszüge des Vampirs.
Er hatte eine plattgedrückte Nase wie ein Boxer, wulstige Lippen und ein vorstehendes, brutal wirkendes Kinn.
Dem möchte ich nicht im Mondschein begegnen! dachte Anton und merkte, wie ihm ein kalter Schauer über den Rücken lief.
Was allerdings gleich darauf geschah, war so komisch, daß Anton Mühe hatte, ernst zu bleiben: Jörg der Aufbrausende ging in die Knie und beugte seinen rechten Arm mit der großen Kugel nach hinten, um Schwung zu holen. Und das – Anton mußte sich auf die Lippe beißen, damit er nicht laut auflachte – war genau die Haltung, die man beim Kugelstoßen einnahm, aber niemals beim Kegeln!
Jetzt zählte Jörg: «Drei, eins, null.»
Bei «Null» stieß er die Kugel von sich. Wieder ertönte dieses fürchterliche Krachen, das klang, als würde gleich die Kegelhalle einstürzen.
Aber bei der Kraft, die ein Vampir hatte ...
Auf das Krachen folgte ein Wutausbruch: «Mist! Nur einen getroffen!»
Anton kicherte leise. Von neun Kegeln nur einen zu treffen, das war schon fast ein Kunststück!
Nun stürzte Lumpi an Jörg dem Aufbrausenden vorbei – wahrscheinlich, um sich die Kugel zu holen.
Eine Weile sah Anton nichts als die gegenüberliegende, schmuddelig weiße Wand der Kegelhalle, bis Lumpi wieder erschien. In seiner breiten, behaarten Hand hielt er die

Kugel. Schaudernd bemerkte Anton seine langen, spitz zugefeilten Fingernägel.
Auch Lumpi hatte offensichtlich nicht die geringste Ahnung, wie man kegelte. Er stellte sich auf wie beim Handball, hob den linken Arm und warf mit aller Kraft. Anton hörte ein Poltern, dann schrie Lumpi außer sich vor Freude: «Zwei! Ich habe zwei Stück erwischt!»
«Nur zwei?» antwortete eine heisere Stimme, und jetzt tauchte der kleine Vampir auf der Bildfläche auf. «Ich schaffe drei!»
«Du?» sagte Lumpi und lachte verächtlich.
«Ja, wieso nicht», erwiderte Rüdiger.
Er verschwand im vorderen Teil des Anbaus und kehrte mit der Kugel in der Hand zurück.
«He, ihr seid im Weg!» fuhr er Lumpi und Jörg den Aufbrausenden an.
Widerwillig machten sie Platz.
«Du fühlst dich ganz schön stark heute, kleiner Bruder!» knurrte Lumpi.
Rüdiger grinste und hob beide Arme. Nun hielt er die Kugel über dem Kopf, als würde er beim Fußballspielen einen Einwurf machen.
Nicht! wollte Anton ihm zurufen – aber im letzten Moment hielt er sich erschrocken die Hand vor den Mund. Und dann sah er ziemlich fassungslos zu, wie der kleine Vampir die Kugel förmlich auf den Boden donnerte. Es polterte und krachte noch lauter als bei Lumpis Wurf, und die Kegelhalle schien in ihren Grundmauern zu wanken.
«Schwachkopf!» hörte Anton Lumpi zetern. «Jetzt ist noch ein Loch in der Bahn!»
«Und getroffen hat er auch nicht!» ergänzte Jörg der Aufbrausende, hämisch kichernd.

Rüdigers Gesicht hatte sich dunkelrot verfärbt. «Ha, wartet nur ab!» stieß er wütend hervor. «Ich laufe jetzt draußen ein paar Runden, und wenn ich wiederkomme, werdet ihr euer schwarzes Wunder erleben!»
«Unser schwarzes Wunder?» wiederholte Jörg der Aufbrausende belustigt. «Huch, du machst mich ja ganz neugierig, Rüdi!»
Rüdi? Anton mußte grinsen.
«Euer schwarzes Wunder, jawohl!» bekräftigte der kleine Vampir, und mit hocherhobenem Kopf verließ er die Kegelbahn.

Das «Geheimnis»

Anton spähte zum Wirtshaus hinüber und gewahrte eine kleine Gestalt, die sich rasch und vollkommen lautlos näherte: Rüdiger!
Der Vampir blieb vor ihm stehen, und noch unhöflicher, als es sonst seine Art war, zischte er Anton an: «Na, hast du nun alles gesehen, was du sehen wolltest?»
«Ich ...» begann Anton. Er durfte Rüdiger auf keinen Fall merken lassen, daß er sich beim Zuschauen köstlich amüsiert hatte!
Und bestimmt war es Rüdiger äußerst peinlich, daß Anton seine Niederlage mitangesehen hatte. Bestimmt hatte er ihn nur deshalb so angefaucht!
Und da Anton ihn nicht noch zusätzlich reizen wollte, sagte er: «Ich glaube, ich weiß, was ihr falsch macht!»

Der kleine Vampir horchte auf. «Wir? Lumpi und Jörg auch?»
Anton nickte. «Ja, ihr alle drei.»
«Alle drei ...» wiederholte der Vampir und knackte mit den Zähnen.
Er warf einen Blick ins Innere der Kegelhalle, wo Lumpi und Jörg der Aufbrausende die Köpfe zusammensteckten und miteinander tuschelten.
«Lumpi und Jörg machen auch etwas falsch ...» sagte er leise, wie zu sich selbst – und als hätte er eine plötzliche Eingebung gehabt, erschien ein breites Grinsen auf seinem Gesicht.
«Wenn wir *alle* etwas verkehrt machen – wenn du aber nur *mir* verrätst, was –» fuhr er aufgeregt fort – «dann ... dann kann auch nur *ich* gewinnen! – Oder etwa nicht?» fragte er Anton, verwirrt vom vielen Nachdenken.
«Doch», bestätigte Anton.
«Und was ist es – was machen wir falsch?» Die Stimme des Vampirs überschlug sich fast.
Anton grinste. «Man darf die Kugel nicht werfen oder stoßen. Man muß ...» Hier machte er eine bedeutungsvolle Pause, bevor er flüsternd das Geheimnis, das ja eigentlich kein Geheimnis war, preisgab: «Man muß die Kugel rollen!»
«Rollen?» sagte der Vampir mit großen, ungläubigen Augen.
Dann begann es um seine Mundwinkel zu zucken, und mit nur mühsam unterdrückter Erregung rief er: «Genau das, was ich immer schon machen wollte! Aber Jörg der Aufbrausende, dieser Neunmalkluge, mußte es mal wieder besser wissen! Kegeln kommt von Segeln, hat er behauptet – und deshalb muß die Kugel durch die Luft fliegen, hat er

gesagt. Pah, so ein Blödsinn! Na warte, dem werde ich's zeigen!»
Er machte auf dem Absatz kehrt, und ohne sich weiter um Anton zu kümmern, rannte er zum Wirtshaus zurück.

Kugel, flieg

Gleich darauf erschien der kleine Vampir in der Kegelhalle – mit einem triumphierenden Grinsen, als sei er schon jetzt der Sieger.
«Guck mal, dein kleiner Bruder ist wieder da», bemerkte Jörg der Aufbrausende.
«Wo?» sagte Lumpi und blickte nach oben, zur Decke.
«Da, vor dir!» antwortete Jörg und knuffte Lumpi freundschaftlich.
«Ach so», tat Lumpi überrascht. «Aber er sieht ja ganz geschafft aus, der Gute. War das Laufen so anstrengend?»
Der kleine Vampir zog es vor, Lumpis Bemerkungen zu überhören. «Kegeln wir noch 'ne Runde?» fragte er.
«Was, noch eine?» antwortete Jörg der Aufbrausende und wechselte einen belustigten Blick mit Lumpi. «Na schön», meinte er dann. «Eine letzte Runde, weil du es bist!
Aber ich bin erster!» bestimmte er.
Anton konnte sich nur mühsam ein Lachen verkneifen, als er sah, wie Jörg der Aufbrausende wieder seine Kugelstoßer-Haltung einnahm. Nur ging er diesmal noch etwas tiefer in die Knie und stieß die Kugel mit einem lauten «U-aah!» durch die Luft.

Doch umsonst: es krachte, und dann war das wütende, enttäuschte Gebrüll von Jörg dem Aufbrausenden zu hören, der offenbar daneben geworfen hatte.
Jetzt war Lumpi an der Reihe. Er machte ein ernstes, gesammeltes Gesicht, während er die Kugel in der hoch erhobenen Linken balancierte. Bevor er warf, sagte er:

«Kugel, flieg
für Lumpis Sieg!»

Aber auch das half ihm nicht viel. Nachdem es fürchterlich gekracht hatte, hörte Anton ihn fluchen: «Wie – nur eine? Das darf doch nicht wahr sein!»
«Es ist aber wahr!» kicherte der kleine Vampir. «Und wahr ist auch, daß ihr gleich den Kegler des Jahres erleben werdet!»
Damit ging er in die Hocke, setzte die Kugel auf dem Bo-

den auf und rollte sie mit einem kräftigen Stoß von sich weg.
Anton biß sich auf die Zunge, um nicht zu lachen. Sehr geschickt hatte das nicht ausgesehen, wie der kleine Vampir da in seiner komischen Froschhaltung die Kugel von sich weggeschoben hatte!
Um so erstaunlicher war, was nun passierte. Einen Moment lang war nur das rumpelnde Geräusch zu hören, das die Kugel auf der holprigen, durchlöcherten Bahn machte – dann polterte es mehrmals, und Rüdiger stieß einen Freudenschrei aus.
«Sechs, sechs, sechs!» jubelte er.
Auch Antons Herz machte vor Freude und Aufregung einen Sprung.
«Sechs auf einmal!» rief der kleine Vampir und hüpfte von einem Bein auf das andere. «Das ist der Sieg!»
«Der Sieg?» erwiderte Jörg der Aufbrausende mit verächtlicher Miene. «Beim Murmeln vielleicht – da wird gekullert. Aber Kegeln kommt von Segeln, das solltest du langsam wissen. Beim Kegeln kann nur der gewinnen, der die Kugel durch die Luft sausen läßt!»
«Genau!» pflichtete Lumpi ihm bei.
«Das stimmt überhaupt nicht!» widersprach der kleine Vampir zornig. «Man muß die Kugel rollen!»
«Rollen?» wiederholte Jörg der Aufbrausende und lachte spöttisch. «Und woher weißt du das so plötzlich, du – Roll-Mops?»
«Ich weiß das eben!» erwiderte der kleine Vampir – erstaunlich unerschrocken, fand Anton. Aber schließlich war der kleine Vampir ja im Recht, und – er hatte gewonnen!
«Außerdem hatten wir vereinbart, daß jeder so kegeln

darf, wie er will!» fügte Rüdiger mit fester Stimme hinzu.
«Vereinbart, vereinbart», äffte Jörg der Aufbrausende ihn nach. Anscheinend fiel ihm nichts mehr ein, was er entgegnen konnte.
«Komm, wir verschwinden», sagte er zu Lumpi.
«Ja, verschwinden wir», stimmte Lumpi ihm zu. «Hier wird nur geschummelt.»
«Ihr schummelt!» rief der kleine Vampir. «Weil ihr nicht verlieren könnt!»
«Wir?» sagten Jörg der Aufbrausende und Lumpi wie aus einem Mund und blickten sich in gespielter Entrüstung an.
«Dein kleiner Bruder ist heute so nervig», meinte Jörg der Aufbrausende. «Eine richtige Nervtüte!»
Sie grinsten und wandten sich zum Gehen.
«Ihr seid Tüten!» rief Rüdiger ihnen nach. «Obertüten!»
«Obertüten – wie süß!» hörte Anton Jörg den Aufbrausenden kichern. «Lumpi, hiermit ernenne ich dich zu meiner Untertüte!»
Ein dröhnendes Gelächter folgte, dann wurde eine Tür zugeschlagen.
Der kleine Vampir ballte die Fäuste.
«Fieslinge!» zischte er und verschwand im vorderen Teil der Kegelbahn – dorthin, wo die Kugel sein mußte.

Leo der Tapfere

Anton duckte sich noch tiefer in den Schatten des Busches und beobachtete voller Unruhe den Eingang zum Wirtshaus. Es dauerte nicht lange, und er sah Jörg den Aufbrausenden und Lumpi aus dem dunklen Gebäude kommen. Angstvoll pochte sein Herz – aber die beiden hatten überhaupt keine Augen für ihre Umgebung. Sie, die sich eben so einmütig gegen Rüdiger verbündet hatten, redeten jetzt mit lauten, erregten Stimmen aufeinander ein.

«Ha, dein Leo!» rief Lumpi. «Der ist auch nicht unfehlbar!»

«Wie bitte?» schnaubte Jörg der Aufbrausende. «Du wagst es, meinen armen, viel zu früh dahingegangenen Jugendfreund – Leo den Tapferen – als Lügner hinzustellen?»

«Das habe ich nicht gesagt!» wehrte sich Lumpi. «Aber er könnte das mit dem Kegeln und Segeln ja falsch verstanden haben!»

«Falsch verstanden!» donnerte Jörg der Aufbrausende. «Wenn mein Jugendfreund Leo der Tapfere mir versichert: Kegeln kommt von Segeln, dann kannst du Knoblauch darauf nehmen, daß es stimmt!»

Lieber nicht! dachte Anton.

Lumpi räusperte sich. «Aber wir könnten es doch mal ausprobieren, das mit dem Rollen!»

«Was? Du willst, daß ich meinen Jugendgefährten – Dracula hab ihn selig! – verrate? Nie und nimmer!»

Empört erhob sich Jörg der Aufbrausende in die Luft, und laut schnaufend flog er davon.

«Halt, warte!» rief Lumpi und schwang sich ebenfalls in die Luft.

Erleichtert sah Anton, wie sie immer kleiner wurden – bis der Nachthimmel sie verschluckt hatte.
«Jörg mit seinem blöden Leo!» sagte auf einmal eine heisere Stimme neben ihm.
Erschrocken drehte Anton sich um, aber es war niemand anders als der kleine Vampir, der sich da unbemerkt an ihn herangeschlichen hatte.
«Beim nächstenmal wird Jörg die Kugel auch rollen. Und dann wird er behaupten, das hätte ihm Leo der Tapfere schon vor hundert Jahren so erklärt!» knurrte der Vampir. «Dabei war es *meine* Idee mit dem Rollen!»
«Deine?» sagte Anton spitz.
«Zanken wir uns nicht wegen Kleinigkeiten», erwiderte der Vampir hoheitsvoll. «Feiern wir lieber meinen Sieg!»
Anton preßte wütend die Lippen zusammen und schwieg. Er hatte zwar nicht erwartet, daß Rüdiger sich bedanken würde; aber daß er jetzt einfach die Tatsachen verdrehte, das war keinen Deut besser als das Verhalten von Jörg dem Aufbrausenden!

Was du heut dir kannst besorgen

Offenbar spürte der kleine Vampir, daß er diesmal etwas zu weit gegangen war, denn betont freundlich meinte er: «Wenn du willst, lese ich dir zur Feier meines Sieges aus unserer Familienchronik vor!»
«Das würdest du tun?» sagte Anton, und bei diesem verlockenden Angebot vergaß er sogar seine Wut auf den kleinen Vampir.

«Klar! Morgen abend zum Beispiel.»
«Erst morgen?»
«Hast du vergessen, daß Tante Dorothee heute ihren Vampirtag hat?»
«Ach ja –»
«Siehst du, so bin ich!» meinte der Vampir mit rauher Stimme. «Immer denke ich an dich – daß dir nichts zustößt!»
Dabei schielte er auf Antons Hals und fuhr sich mit der Zungenspitze über seine breiten, blutleer aussehenden Lippen.
«Ich sollte mich stärken», murmelte er. «Mir ist so komisch …»
Schaudernd wurde Anton klar, daß der Vampir noch gar nichts – ähem – gegessen haben konnte, denn er war gleich nach Sonnenuntergang zu ihm gekommen.
«Wir – wir sollten uns für morgen verabreden», sagte er hastig. «Ich muß jetzt nämlich zurück, zu meinem Vater.»
«So plötzlich?» erwiderte der Vampir. «Eben wolltest du noch, daß ich dir aus der Familienchronik vorlese!»
«Mein Vater hat F-Fieber», stotterte Anton. «Vielleicht braucht er mich.»
«Ach, wirklich? Und wenn ich dich brauche, was ist dann?» schnaubte der Vampir. «Gerade hast du noch von wahrer Freundschaft gesprochen, und jetzt, wo du deine Freundschaft wahr machen kannst, kneifst du!»
«Ich – ich muß los», sagte Anton. Wie immer, wenn es um die Eßgewohnheiten des kleinen Vampirs ging, spürte er ein starkes Unbehagen.
«Sehen wir uns dann morgen?» fragte er mit belegter Stimme.
«Morgen, morgen», knurrte der Vampir. «Was du heut dir

kannst besorgen, das verschiebe nicht auf morgen! – Alter Vampirspruch!
Na schön», meinte er dann. «Morgen, kurz nach Sonnenuntergang, an der Ruine.»
«Können wir uns nicht woanders treffen?» sagte Anton zaghaft. Er mußte an Tante Dorothee denken – und daran, daß sie morgen nacht wieder unterwegs sein würde ...
«Wie – woanders?»
«Zum Beispiel an der Landstraße – da, wo es rechts nach Langer Jammer geht.»
«Meinetwegen», antwortete der Vampir. «So, und jetzt laß mich durch!» setzte er unwirsch hinzu. «Sonst vergesse ich noch, daß ich Rüdiger der Weichherzige bin!» Unsanft drängte er sich an Anton vorbei und breitete die Arme unter dem Umhang aus.
Anton sah zu, wie er davonflog, und verspürte sogar eine Erleichterung dabei; denn ein ausgehungerter Vampir war keine sehr angenehme Gesellschaft – noch dazu, wenn dieser Vampir recht einseitige Ansichten über «wahre Freundschaft» hegte!
Dann flog Anton allein ins Jammertal zurück und landete vor der Wolfshöhle. Nachdem er den Vampirumhang in einer Felsspalte versteckt hatte, kroch er in die dunkle Höhle.
Beim Licht seiner Taschenlampe stellte er aufatmend fest, daß sein Vater fest schlief; nur sein Gesicht glänzte feucht und wirkte gerötet.
Aber Anton war jetzt viel zu müde, um sich darüber Gedanken zu machen. Er kroch in den Schlafsack, knipste die Taschenlampe aus – und gleich darauf war er eingeschlafen.

Trauerkloß

Als Anton am nächsten Morgen erwachte, fiel Sonnenlicht durch den offenen Höhlenausgang. Er hörte, wie sein Vater draußen vor der Höhle hustete, dann raschelte etwas, das wie das Umblättern einer Zeitung klang.

Anton stand auf und ging nach draußen. Sein Vater saß im Gras. Eine aufgeschlagene Zeitung lag auf seinen Knien, und neben ihm stand eine Brötchentüte.

Sollte er etwa schon in Langer Jammer gewesen sein? Ja, es schien so, denn das Fahrrad lehnte an einem anderen Baum als gestern nacht!

«Hallo, Vati!» rief Anton ihm zu. «Geht es dir wieder besser?»

Sein Vater wandte den Kopf und lächelte – allerdings etwas gequält.

«Besser?» sagte er. «Nein, eigentlich nicht.»

«Aber du warst doch schon zum Einkaufen, oder?»

«Ja, ich dachte, die hätten eine Apotheke in Langer Jammer», antwortete sein Vater. «Die Salbe aus der Reiseapotheke hat nämlich nicht sehr gut geholfen!» Zum Beweis hielt er seine rechte Hand hoch.

Anton erschrak. Die drei Finger, die er sich gequetscht hatte, waren dunkelviolett geworden.

«Und?» fragte er. «Hast du eine Apotheke gefunden?»

«Nein. Aber ich habe Mutti angerufen. Wenn die Schmerzen nicht aufhören, kommt sie.»

«Was?» schrie Anton auf. «Mutti kommt?»

Sein Vater versuchte zu lachen. «Ich möchte nicht wissen, was los wäre, wenn *du* so eine Quetschung hättest! Bestimmt würdest du auf der Stelle nach Hause wollen!»

«Nach Hause?» Anton schluckte. «Heißt das, du willst...»
«Ich *will* überhaupt nicht», erwiderte sein Vater.
«Nun steh nicht da wie ein Trauerkloß!» fügte er neckend hinzu. «Noch sind wir im Jammertal! Wir sollten lieber überlegen, was wir heute – trotz meiner verletzten Hand – unternehmen können!»
Aber natürlich waren ihre Möglichkeiten, etwas zu unternehmen, ziemlich begrenzt.
Nach dem Frühstück – obwohl «Frühstück» gar nicht mehr der passende Ausdruck war, denn Antons Uhr zeigte schon halb zwölf – gingen sie an den Bach hinunter und angelten.
Doch nur ein einziger kleiner Fisch biß an, und den warf Anton ins Wasser zurück.
Später saßen sie vor der Höhle, und Anton las seinem Vater aus dem Vampir-Buch vor.
Er las «Das Schmatzen im Grabe» – und während die Geschichte ihrem Höhepunkt zustrebte und Antons Herz immer schneller pochte, kämpfte sein Vater gegen eine zunehmende Müdigkeit an.
Als Anton die Stelle erreicht hatte, wo sich der Sargdeckel langsam öffnet und alle, die um das Grab herumstehen, dieses entsetzliche Schmatzen hören, machte er eine Pause, um die Spannung noch zu steigern – da bemerkte er zu seiner Verblüffung, daß sein Vater kurz davor war einzuschlafen.
«Gefällt dir die Geschichte nicht?» fragte er.
«Doch, doch, sie ist sehr spaßig», antwortete sein Vater mit schläfriger Stimme. «Besonders, wenn die Kinder beim Essen immer schmatzen.»
«Kinder?» sagte Anton verwundert. In der Geschichte kamen überhaupt keine Kinder vor! Anscheinend hatte sein

Vater kaum etwas von der Geschichte mitgekriegt. Ob das an den Schmerztabletten lag, die er vorhin eingenommen hatte?
«Aber jetzt gehe ich lieber schlafen», sagte Antons Vater und erhob sich. «Du kannst mir ja heute abend erzählen, wie sie endet!»
«Mache ich!» Anton nickte, und mit einem Gefühl der Besorgnis sah er seinen Vater in der Höhle verschwinden. Vielleicht ist es doch ganz gut, wenn Mutti kommt! dachte er. Allerdings ... wenn es nach ihm ginge, könnte sie sich ruhig noch ein paar Tage Zeit damit lassen!

Schuldgefühle

Wie Anton erwartet hatte, fragte sein Vater am Abend überhaupt nicht mehr nach dem Ende der Geschichte. Er rieb nur seine verletzten Finger mit der Salbe aus der Reiseapotheke ein und legte sich wieder hin.
Sobald er eingeschlafen war, schlich Anton nach draußen. Er versperrte den Höhleneingang und sah sich beklommen um. Der Mond schien, und wie magnetisch wurde Antons Blick von den zerfallenen Mauern der Ruine angezogen, die sich vor dem Nachthimmel abzeichneten. Ob Tante Dorothee schon unterwegs war? Bestimmt – denn gestern, an ihrem Vampirtag, hatte sie ja hungern müssen ...
Jedenfalls war Anton froh, daß er heute nacht einen großen Bogen um die Ruine machen konnte!

Er holte den Vampirumhang aus der Felsnische und klopfte vorsichtig den Staub ab. Dabei überlegte er, ob er es wirklich wagen sollte, zu fliegen.
Nach einigem Zögern entschied er sich, lieber zu Fuß zu gehen. Er fühlte sich auf der Erde einfach sicherer – und außerdem schützten ihn die hohen Bäume davor, entdeckt zu werden! Aber er streifte sich trotzdem den Umhang über – für alle Fälle! – und ging los.
Als Anton das Tannenwäldchen durchquert hatte, bemerkte er, wie sich auf der anderen Seite der Landstraße eine kleine dunkle Gestalt aus dem Schatten der Bäume löste.
Schon wollte er freudig «Rüdiger!» rufen – da fiel ihm ein, daß es auch Anna sein könnte; denn mit ihren schwarzen Umhängen, den bleichen Gesichtern, den langen, ungebändigten Haarmähnen, den schwarzen Strumpfhosen und den Stoffschuhen waren Anna und Rüdiger von weitem kaum zu unterscheiden.
Andererseits ... hatte Anna nicht bei ihrem letzten Treffen einen Hut mit Schleier getragen und Seidenstrümpfe und Stiefeletten? Also sprach doch einiges dafür, daß es Rüdiger war ...
Angespannt beobachtete Anton, wie die Gestalt langsam näher kam – bis sie ein paar Schritte von ihm entfernt stehenblieb.
Jetzt sah Anton ihr kleines schneeweißes Gesicht mit dem runden Mund und den großen, glänzenden Augen, und er roch den schweren, süßlichen Duft von «Mufti Ewige Liebe».
«Anna!» stammelte er.
«Hallo, Anton», antwortete sie mit einer ihm ganz fremden, abweisenden Stimme.

Ihre kühle Begrüßung verstärkte noch seine Schuldgefühle.
«Du bist bestimmt wütend auf mich», begann er zaghaft.
«Sehr wütend!» bestätigte sie.
«Ich ... es tut mir leid – das mit dem Sargdeckel.»
«Was?» schrie Anna auf. «Sonst tut dir nichts leid?»
«Doch!» sagte Anton, erschrocken über ihre Heftigkeit. «Natürlich auch, daß du die ganze Nacht an Tante Dorothees Sarg sitzen mußtest.»
Sie sah ihn mit zornig funkelnden Augen an. «Das ist längst noch nicht alles, worauf ich wütend bin!» fauchte sie ihn an.

«Was denn noch?» fragte Anton betreten.

«Ha! Daß du am Tage in unsere Gruft geschlichen bist und dir angeguckt hast, wie ich steif und starr daliegen muß in meinem – Vampirschlaf!»

«Ich habe nicht in deinen Sarg geguckt!» versicherte Anton. Auf einmal begriff er, was Anna am meisten getroffen haben mußte: Sie nahm an, er hätte sie in ihrem Sarg in ihrem totenähnlichen Zustand gesehen. Und das war für sie, die sich so große Mühe gab, *kein* Vampir zu werden, schlimmer als die Strafe, die sie seinetwegen auf sich genommen hatte ...

Daß er mit dieser Überlegung recht hatte, erkannte Anton an ihrem verdutzten Gesichtsausdruck.

«Nicht?» sagte sie und blinzelte ungläubig. «Du hast mich wirklich nicht gesehen, wie ich in diesem scheußlichen Ungetüm von Sarg gelegen habe?»

«Nein! – Und ich würde auch niemals in deinen Sarg gukken, wenn du es mir nicht vorher erlaubt hättest!» fügte Anton schlau hinzu.

«Ehrlich?» Der Anflug eines Lächelns huschte über ihr Gesicht. Aber noch immer blieb sie mißtrauisch.

«Und warum hast du in den Sarg meiner Mutter geguckt?» forschte sie.

«Weil es nur sechs große Särge waren und nicht sieben», erklärte er. «Und da wollte ich wissen, wessen Sarg fehlte!»

«Auf jeden Fall war es schon ein Riesenfehler von dir, tagsüber in unsere Gruft zu kommen!» sagte Anna vorwurfsvoll. «Aber daß du dann noch so – lebensmüde warst, den Sargdeckel nicht wieder richtig zuzumachen!»

Sie atmete heftig ein und aus.

«Wenn ich nicht behauptet hätte, ich wäre aufgewacht und *ich* hätte den Sargdeckel zur Seite geschoben, dann wärest

du hier im Jammertal deines Lebens nicht mehr sicher gewesen!»
Anton überlief ein Zittern. «Ich weiß», sagte er kläglich. «Rüdiger hat es mir erzählt.»
«Und wir, Rüdiger und ich, hätten entsetzlichen Ärger bekommen!» fuhr sie anklagend fort. «Vielleicht wären wir zu irgendwelchen Verwandten geschickt worden, vielleicht nach – Australien!»
«Nach Australien? Das wäre ja furchtbar – so weit weg! Dann könnten wir uns gar nicht mehr sehen!» sagte Anton bestürzt.
«Es würde dir etwas ausmachen, wenn wir uns nicht mehr sehen könnten?» fragte Anna und sah ihn erwartungsvoll an.
«Ja, natürlich», sagte er und spürte, wie er rot wurde.
Aber auch Anna errötete, und mit sanfter Stimme erklärte sie: «Sei nie wieder so unvorsichtig, am Tage in unsere Gruft zu kommen! Dann können wir uns noch hundertmal, nein: tausendmal, nein: hunderttausendmal sehen!»
Anton nickte – sehr erleichtert, daß Anna ihm anscheinend nicht mehr böse war.

Wenn das kein schlimmes Ende nimmt …

«Und nun komm!» sagte sie. «Rüdiger ist bestimmt schon ganz ungeduldig!»
«Rüdiger?» murmelte er. Über dem Gespräch mit Anna hatte er den kleinen Vampir fast vergessen. «Und wo ist er?»

«Er erwartet dich in der Burgkapelle, hat er gesagt – zu einer Vorlesestunde.»
«Zu einer Vorlesestunde?» Anton merkte, wie sich sein Herzschlag beschleunigte.
«Ich habe allerdings keine Ahnung, was er vorlesen will», sagte Anna. «Wahrscheinlich sind es Geschichten aus dieser blöden – Männergruppe!»
«Das glaube ich nicht!» erwiderte Anton und biß sich auf die Lippen, um nicht zu lachen.
«Wieso?» sagte Anna überrascht. «Weißt du denn, was er vorlesen will?»
«Ich ...» Anton zögerte. Rüdiger hatte sicherlich einen Grund dafür gehabt, daß er Anna nicht verraten hatte, um welches Buch es ging.
Andererseits ... Anna hatte so viel für ihn getan, daß er jetzt keine Geheimnisse vor ihr haben wollte!
«Er hat versprochen, mir aus der Familienchronik vorzulesen», erklärte er.
«Was? Aus unserer Chronik?» sagte Anna erschrocken. «Oje, wenn das kein schlimmes Ende nimmt ...»
«Ein schlimmes Ende?» Antons Stimme zitterte. «Für m-mich?»
«Vor allem für Rüdiger», antwortete Anna. «Du weißt ja, was passiert war, als Tante Dorothee herausgekriegt hatte, daß er mit dir – einem Menschen! – freundschaftlichen Umgang hatte!»
Anton nickte. Damals hatte der kleine Vampir Gruftverbot bekommen, und in seiner Verzweiflung war er zu Anton in den Keller gezogen.
«Beeilen wir uns!» sagte Anna. «Damit wir bei Rüdiger sind, bevor meine Großmutter, Sabine die Schreckliche, gemerkt hat, daß die Chronik fehlt!»

«Aber ... sind deine Verwandten nicht längst abgeflogen?» fragte Anton betroffen.
«Hoffen wir's!» sagte Anna.
Mit diesen Worten erhob sie sich in die Luft und entfernte sich so rasch, daß Anton Mühe hatte, ihr zu folgen. Erst über dem Burgtor verlangsamte Anna ihren Flug und drehte sich zu Anton um.
«Warte hier!» flüsterte sie.
Dann flog sie weiter, und Anton landete neben dem Tor. Eng an die Mauer gedrückt, blieb er stehen und horchte auf die Geräusche um ihn herum, die nun – da er allein war – unheimlich, ja bedrohlich klangen. Sogar das leise Knakken eines Astes ließ ihn jetzt erschrocken zusammenzucken.
Als er endlich Anna zurückkommen sah, fühlte er sich wie erlöst.
«Die Gruft ist leer», erzählte sie flüsternd. «Alle sind unterwegs!»
«Rüdiger auch?» fragte Anton bestürzt.
«Nein! Der sitzt in der Burgkapelle und liest in unserer Familienchronik – und dann auch noch bei Festbeleuchtung. Unglaublich!»
«Festbeleuchtung?»
«Ja, stell dir vor: er hat mindestens fünfzehn Kerzen angezündet! Dabei ist es streng verboten, unsere kostbaren Kerzen zu verschwenden. Na warte, dem werde ich die Meinung sagen ... leichtfertig mit unserer Chronik umzugehen, Kerzen zu verschwenden ...»
Anna schnaufte empört und schüttelte ihre kleinen Fäuste.
«Los, Anton, komm!»

Erstens, zweitens, drittens ... und viertens

Sie flogen um den Burgturm herum und landeten vor einem alten Gemäuer, dessen brüchige Wände von Pflanzen umrankt waren. Helles Licht schien durch die kleinen vergitterten Fenster nach draußen.

«Ist das die Burgkapelle?» erkundigte Anton sich flüsternd – obwohl die Frage angesichts der erleuchteten Fenster eigentlich überflüssig war.

«Ja!» sagte Anna, und mit grimmig entschlossener Miene ging sie auf die Eingangstür zu.

«Warte!» rief Anton.

«Was ist denn noch?» erwiderte Anna und blieb stehen.

«Ich ... das mit der Familienchronik und daß Rüdiger mir daraus vorlesen wollte ...» Anton brach ab.

«Ja?» Sie schaute ihn fragend an.

«Sag Rüdiger nicht, daß *ich* dir das alles erzählt habe!» bat er.

«Natürlich nicht», antwortete sie ungeduldig.

Dann riß sie mit einer heftigen Bewegung, die ihren ganzen Groll auf Rüdiger ausdrückte, die Eingangstür auf und marschierte in die Kapelle.

Anton folgte ihr zögernd, in bangem Vorgefühl. Er konnte nur hoffen, daß es keinen ernsthaften Streit zwischen Anna und Rüdiger geben würde ...

Doch seine Hoffnung schien sich nicht zu erfüllen. Er hatte kaum die Kapelle betreten, da hörte er schon Annas laute, vorwurfsvolle Stimme.

«Du Hornochse, du Hohlkopf!» zeterte sie. «Glaubst du

denn, du bist allein auf der Welt? Wenn Tante Dorothee dich erwischt, sind wir alle dran – du, ich und Anton auch!»

Angsterfüllt drückte Anton sich in den dunklen Winkel neben der Tür und wartete zitternd auf den großen Krach.

Aber seltsam ... der kleine Vampir hatte bei Annas Vorwürfen nicht ein einzigesmal den Kopf gehoben. Ungerührt blieb er an dem uralten Holzpult sitzen, auf dem ein dickes Buch lag – die *Chronik der Familie von Schlotterstein*! – und tat so, als würde er angestrengt lesen.

Sein betonter Gleichmut machte Anna noch wütender. «Ha, stell dich nur taub – das wird dir auch nichts nützen!» rief sie zornig. «Du wirst jetzt sofort unsere Familienchronik in Großmutters Sarg zurückbringen! Und vorher wirst du die Kerzen ausblasen, du – Verschwender!»

Aber noch immer verzog der kleine Vampir keine Miene. Er blätterte nur unbeeindruckt die Seite um.

Das verschlug Anna für einen Augenblick die Sprache.

Als sie schwieg, sah Rüdiger zum erstenmal von seinem Buch auf und fragte mit unnatürlich milder Stimme: «Bist du fertig?»

«Fertig?» Anna schnappte nach Luft.

Aber bevor sie einen neuen Angriff starten konnte, erklärte Rüdiger würdevoll: «Also, jetzt hörst du *mir* mal zu! Erstens: Großmutter hat mir erlaubt, unsere Familienchronik zu lesen! Zweitens: Großmutter hat mir erlaubt, sie hier in der Burgkapelle zu lesen. Drittens: Großmutter hat mir erlaubt, so viele Kerzen anzuzünden wie ich möchte – weil es dem feierlichen Anlaß entspricht!»

«Und welcher Anlaß wäre, bitteschön, so feierlich?» fragte Anna spitz.

Rüdiger grinste. «Daß ich mich nun entschlossen habe, reif

und weise zu werden wie ein erwachsener Vampir und deshalb in alle Familiengeheimnisse eingeweiht werden muß!»

«Reif und weise ...» Anna lachte spöttisch. «Dazu gehört mehr, als nur die Familienchronik zu lesen!»

«Das sagst du bloß, weil du neidisch bist», erwiderte Rüdiger seelenruhig, «neidisch, daß *du* die Familienchronik noch nicht richtig lesen kannst!»

«Na und!» rief Anna, deren Gesicht sich dunkelrot verfärbt hatte. «Es gibt wichtigere Dinge auf der Welt! – Und wie die Erwachsenen zu werden, finde *ich* nicht besonders wichtig!» fügte sie hinzu.

Damit drehte sie sich um und lief an Anton vorbei zur Tür.

«Anna!» stammelte Anton, aber Anna war so aufgewühlt, daß sie ihn gar nicht beachtete.

«Und viertens hat mir Großmutter verboten, mich beim Studieren der Familienchronik stören zu lassen!» rief Rüdiger ihr hinterher.

Da fiel krachend die Tür ins Schloß, und Anton war allein mit dem kleinen Vampir.

Nun spitz deine Ohren!

«Ich – ich wollte dich nicht stören», stotterte Anton und näherte sich zögernd dem Holzpult.
«Du störst mich doch nie», erwiderte der Vampir. «Jedenfalls – fast nie!
Und heute sowieso nicht», fügte er gönnerhaft hinzu. «Ich habe nämlich gerade die richtige Geschichte für dich gefunden!»
Und als Anton etwas ratlos in der Mitte der Kapelle stehenblieb, kommandierte er: «Setz dich!»
«Setzen?» sagte Anton. Mit Ausnahme des wackligen Stuhls, auf dem Rüdiger thronte, gab es keinerlei Sitzgelegenheit – nur einen Haufen Trümmer und Schutt am Boden.
«Na, dann bleibst du eben stehen», antwortete der Vampir und kicherte. «Aber fall nicht um, wenn ich dir jetzt aus unserer Familienchronik vorlese!»
«Ich setz mich doch lieber», murmelte Anton und hockte sich auf einen Stein, der etwas weniger kantig und spitz als die anderen war.
Und dann wartete er ungeduldig, daß der kleine Vampir mit seiner Vorlesung beginnen würde ...
Doch Rüdiger ließ sich Zeit. Wie ein Schauspieler vor dem großen Auftritt zupfte er an seinen Haaren, rollte mit den Augen, blies die Backen auf, strich seinen Umhang glatt und räusperte sich immer wieder.
Schließlich fing er salbungsvoll an:

«In einer stürmischen Nacht...»

Aber schon brach er wieder ab und meinte mit seiner normalen Stimme: «Das habe ich doch gut gemacht, oder?»
«Was?» fragte Anton.
«Na – das mit der Familienchronik! Meine Großmutter, Sabine die Schreckliche, glaubt wirklich, ich wollte jetzt ‹reif und weise› werden! Und selbst Anna ist drauf reingefallen!» Er rieb sich vergnügt die Hände. «Weißt du, es war die einzige Möglichkeit, meine Großmutter dazu zu bringen, mir die Chronik zu überlassen!»
«Ach so», murmelte Anton.
«Dabei will ich kein bißchen reif und weise werden – warum auch!» sagte der Vampir und kicherte. «So, und nun spitz deine Ohren!» setzte er hinzu.
Dann holte er tief Luft, senkte den Kopf über das Buch, und mit getragener Stimme begann er vorzulesen:

«In einer stürmischen Nacht des Jahres fünfhundertneun Vampirzeit mußten wir Abschied nehmen von unserer vertrauten Gruft, die uns für so viele Jahre eine gute und sichere Heimstatt gewesen war. Wieder einmal hieß es die Särge schultern, und hinauf ging es in die kalte, feindliche Welt.

Ach, wer beschreibt den Kummer der Kinder!
Lumpi – laut schluchzend!
Anna – die kranken Augen ganz verweint!
Rüdiger –»

Hier stockte der kleine Vampir und hustete ein paarmal krächzend. Anscheinend war es ihm peinlich zuzugeben, daß auch er geweint hatte, und so übersprang er einfach die Stelle, wo von seinem Kummer die Rede war.

«Oh, wie gut es ist, eine Familie zu haben, die alles Schwere gemeinsam trägt!» fuhr er in feierlichem Ton fort. «Es war eine Nacht der Sorge und Mühsal, in der sechs von uns die Särge in die Ruine im Jammertal schaffen mußten.
Wie es in unserer Familie seit altersher üblich ist, sollen immer zwei von uns einen Sarg befördern. Die Einteilung für dieses Mal lautete: meine Wenigkeit, Sabine, mit Wilhelm; Ludwig mit Hildegard; Dorothee mit Rüdiger. Aber – ach! – die beiden Friedhofsvernichter – meine Feder sträubt sich, ihre Namen hier niederzuschreiben – auch in dieser schicksalhaften Nacht schliefen sie nicht! Es geschah bei unserer dritten und letzten Tour de Sarg.
Sabine und Wilhelm, Ludwig und Hildegard befanden sich bereits mit ihren Särgen auf dem Flug ins Jammertal. Nur Dorothee mühte sich noch verzweifelt in dem alten Brunnen ab, um ihren Sarg freizubekommen, der sich dort verklemmt hatte.
Da auf einmal gewahrte Rüdiger vom Brunnenrand aus, wo er Dorothee beim Heraufziehen des Sargs behilflich sein sollte, diese Kreaturen Geierm- und Schnupperm- – meine Feder weigert sich, ihre vollständigen Namen aufzuschreiben! Sie kamen in der allerböseſten Absicht, was unschwer an ihren gräßlichen H– – –pflöcken und ihren widerlichen, ekelerregenden Kn– – – – – – – –zöpfen zu erkennen war. Rüdiger gelang es, Dorothee eine Warnung zuzurufen. Und dann faßte er seinen heldenhaften Plan!»

An dieser Stelle machte der kleine Vampir eine Pause und warf Anton einen durchdringenden Blick zu. Aber Anton verkniff sich jeden Kommentar – noch!
«Lies doch weiter!» sagte er.
«Schon gut», knurrte der Vampir, und mit seiner salbungsvollen Stimme fuhr er fort:

«Während Dorothee im Brunnen ausharrte, sprang Rüdiger mit einem heldenmütigen Satz vor diese beiden Kreaturen hin, die sich sofort – meine Feder zittert mir bei dem Gedanken – auf ihn stürzen wollten. Rüdiger jedoch nahm die Beine in die Hand und lief geradewegs zum Haus dieses unsäglichen Geierm-.»

«Aber –» wollte Anton protestieren, doch der kleine Vampir schnitt ihm das Wort ab.
«Keine Unterbrechungen, wenn ich aus der Chronik vorlese!» zischte er.
Dann fuhr er fort:

«Und so lief der tapfere Rüdiger, dicht gefolgt von den beiden Mordbuben. Schon frohlockten sie, daß sie ihn gleich haben würden – da erhob sich Rüdiger in die Luft, flog auf das Dach und kletterte durch eine offenstehende Dachluke in das Haus dieses widerwärtigen Geierm-.
Oh, wie sie nun rannten! – den Weg zum Haus, die Treppen hinauf bis zur Badezimmertür. Aber die hatte Rüdiger von innen abgeschlossen, denn jetzt nahte seine große Stunde!
Er verstopfte die beiden Abflüsse der Sitzbadewanne und drehte den Wasserhahn auf. Eine fast volle Flasche Schaumi-Doll entleerte er in die Wanne – und mit einem zufriedenen, glücklichen Lächeln sah er zu, wie der Schaum wuchs und das Wasser stieg.
Währenddessen hämmerten Geierm- und Schnupperm- in ohnmächtiger Wut gegen die Tür.

Guter, wackerer Rüdiger! Tollkühn und unerschrocken wartete er, bis die Wanne übergelaufen und das ganze Badezimmer dieser Kreaturen unter Wasser gesetzt war.
Erst dann verließ Rüdiger nach getaner und – ach! – so segensreicher Arbeit durch das Badezimmerfenster die Stätte seines Wirkens.
Damit waren unsere ärgsten Feinde dank Rüdigers Tat für den Rest der Nacht mit ihren eigenen Problemen beschäftigt!
Ungestört konnte Dorothee ihren Sarg befreien, und zusammen mit Rüdiger, dem Helden dieser Nacht, schaffte sie ihn ins Jammertal.»

«Dem Helden dieser Nacht!» wiederholte Anton bissig. «Du schmückst dich ganz schön mit fremden Federn!»
«Federn? Wo?» antwortete der Vampir in gespielter Aufregung und tat so, als würde er seinen Umhang nach Federn absuchen. «Ich sehe gar keine», sagte er grinsend.
«Du weißt genau, was ich meine!» erwiderte Anton wütend. «*Ich* bin es gewesen, der bei eurer Tour de Sarg Geiermeier und Schnuppermaul abgelenkt hat! *Ich* bin vor ihnen hergelaufen bis zu ihrem Haus, damit Tante Dorothee ihren Sarg aus dem Brunnen ziehen konnte!»
«Soso!» sagte der Vampir amüsiert. «Und jetzt möchtest du, daß deine Verdienste in unserer Familienchronik gewürdigt werden!»
Anton schluckte. «Meine ... Verdienste ... in eurer Familienchronik ...?»
«Du wirst ja blaß wie ein Laken!» Der Vampir kicherte.
«Ich ...» Antons Hände fühlten sich auf einmal eiskalt an. «Ich ... will nicht, daß ich in eure Familienchronik komme!» sagte er mit bebender Stimme.
«Na also!» Der Vampir lachte kollernd. «Und weil ich das wußte, habe ich meiner Großmutter, Sabine der Schrecklichen, die ganze Geschichte so erzählt, als wäre sie *mir*

passiert. – Und das alles habe ich nur für dich getan – aus wahrer Freundschaft! Das begreifst du doch, oder?»
«J-ja», stotterte Anton.
«Na siehst du!» sagte der Vampir und grinste. «So bin ich – Rüdiger, dein wahrer Freund!»

Bis zum Leichentuch

Und mit plötzlich ganz veränderter, fordernder Stimme setzte er hinzu: «Und nun schwöre!»
«Schwören?»
«Ja! Daß du mit niemandem über die Chronik sprichst!»
«Auch nicht – mit Anna?»
«Mit Anna?» Der Vampir grinste breit. «Doch, mit Anna kannst du über die Chronik reden. Schließlich gehört sie zur Familie.»
«So, und jetzt schwöre!» fügte er ungeduldig hinzu. «Ich habe nicht ewig Zeit.»
«Wie – wie soll ich denn schwören?» fragte Anton beklommen.
«Ganz einfach», antwortete der Vampir und schlug die Chronik so schwungvoll zu, daß eine Staubwolke aufstieg. «Du legst deine Hand auf das Buch, und dann sprichst du mir nach!»
«Nachsprechen? Was denn?»
«Frag nicht soviel! Leg zuerst deine Hand auf das Buch!»
Langsam erhob sich Anton von seinem unbequemen Sitz.

Er trat an das Holzpult, und zitternd streckte er seine rechte Hand aus.
«Nicht die rechte!» sagte der Vampir unwirsch. «Die linke – die kommt von Herzen!»
Anton zauderte. Sollte er wirklich seine Hand auf die Vampirchronik legen – noch dazu die linke, weil sie, wie Rüdiger gesagt hatte, von Herzen kommt – und schwören...? Mußte er nicht befürchten, daß er dadurch – – – selbst Vampir werden könnte?
Er spürte einen eisigen Schauder.

Wie von fern vernahm er Rüdigers dröhnendes Gelächter.
«He, du machst ein Gesicht, als hättest du eine Rättin verschluckt!» lachte er.
«Es – es passiert mir doch nichts?» fragte Anton besorgt.
«Was soll dir denn passieren?» erwiderte der Vampir.
«Ich ... es wäre doch möglich, daß ich danach ...»
«Was?»
«Daß ich danach auch – zur Familie gehöre!» stammelte Anton.
«So leicht geht das nicht!» erwiderte der Vampir. «Und dann müßtest du es auch selber wollen!»
«Ich will es aber nicht!» rief Anton – heftiger, als es eigentlich seine Absicht war.
«In Ordnung, in Ordnung!» beruhigte ihn der Vampir. «Und nun mach endlich – mir knurrt der Magen!»
Noch immer zitternd, legte Anton seine linke Hand auf das dicke Buch. Als er den abgegriffenen Goldeinband berührte, schien eine seltsame Wärme seine Finger zu durchströmen ...
Er zuckte zurück – aber dann überwand er sich und legte die Hand wieder auf das staubige Buch.
«Bist du bereit?» fragte der Vampir, der gleichfalls aufgestanden war.
Anton nickte. Das Herz schlug ihm bis zum Hals.
«Also – paß auf!» sagte der Vampir:

«Ich schwöre hier bei diesem Buch
zu schweigen bis zum Leichentuch.
Und sollte ich den Schwur mal brechen,
wird Dracula sich furchtbar rächen!»

Anton hatte plötzlich einen Kloß im Hals. Er schluckte, und mit heiserer Stimme begann er den Schwur aufzusagen:

«Ich schwöre hier bei diesem Buch
zu schweigen wie ein Leichentuch ...»

Er brach ab. Der Ledereinband unter seiner Hand fühlte sich auf einmal ganz heiß an ...
«Was ist?» rief der Vampir. «Du hast erst den halben Schwur gesprochen! Und außerdem heißt es: ‹bis zum Leichentuch›!»
«... Und sollte ich den Schwur mal brechen», fuhr Anton mit belegter Stimme fort, «wird Dracula sich furchtbar rächen.»
«Genau!» sagte der Vampir und lachte krächzend.
Dann zog er mit einem Ruck die Chronik unter Antons Hand weg und klemmte sie sich unter den Arm.
«Gehen wir!» sagte er mit Grabesstimme.

Rüdiger der Dichter

«Du – du liest nicht weiter vor?» fragte Anton betroffen und warf einen besorgten Blick auf seine linke Hand; doch obwohl die Innenfläche stark brannte, war keine Rötung zu entdecken ...
«Nein», antwortete der Vampir knapp und begann, die Kerzen auszublasen.

«Und deine Geschichte?» rief Anton. «Du hast versprochen, sie mir heute vorzulesen!»
«So, habe ich das?» antwortete der Vampir mit einem eitlen, selbstgefälligen Lächeln. Offensichtlich fühlte er sich durch Antons Neugier geschmeichelt.
«Ja! Und über die Chronik hast du mir auch noch nichts erzählt – zum Beispiel, was fünfhundertneun Vampirzeit bedeutet!»
Der kleine Vampir grinste.

«Was du heut dir könnt'st besorgen,
ist viel schöner, hörst du's morgen!»

verkündete er in sehr geheimnisvollem Ton.
Dann blies er die letzte Kerze aus.
Mit einemmal war es stockfinster in der Kapelle.
«Los, beeil dich!» zischte der Vampir, und Anton hörte, wie er zur Tür ging.
Unsicher tappte er hinterher – und war heilfroh, als er, ohne zu stürzen, draußen ankam.
Vor der Kapelle wartete der kleine Vampir, ungeduldig von einem Fuß auf den anderen tretend.
«Du findest doch allein zurück, oder?» fragte er.
«J-ja», sagte Anton – überrascht von der plötzlichen Höflichkeit des Vampirs.
«Also dann ...» meinte Rüdiger und wandte sich zum Gehen.
«Au-Augenblick!» sagte Anton.
«Was ist noch?» knurrte der Vampir.
«Ich ...» Anton räusperte sich. «Sehen wir uns morgen?»
«Du kannst es vor Neugier wohl gar nicht mehr aushalten, wie?» kicherte der Vampir. «Na gut! Komm morgen abend

in die Kapelle – ich werde dasein!» Mit diesen Worten drehte er sich um und strebte eilig dem Haupthaus der Ruine zu.
Anton wartete, bis Rüdiger in dem dunklen Eingang verschwunden war. Dann machte er sich auf den Rückweg. Er ging zu Fuß und hielt sich ängstlich im Schatten der Bäume.
Doch nichts Verdächtiges war zu sehen oder zu hören, und ohne Zwischenfälle erreichte Anton die Wolfshöhle. Nachdem er einen Augenblick gehorcht hatte und aus der Höhle kein Laut zu ihm gedrungen war, schob er vorsichtig den Rucksack zur Seite und kroch in das Dunkel hinein.
Jetzt vernahm er die gleichmäßigen, ruhigen Atemzüge seines Vaters, und nun wagte er es auch, seine Taschenlampe einzuschalten. Sein Vater lag friedlich schlummernd da!
Erleichtert versperrte Anton den Höhlenausgang, stieg in seinen Schlafsack und schaltete die Taschenlampe aus. Doch diesmal schlief er nicht gleich ein. Der Abend war so aufregend gewesen ... Als wäre es ein Film, so deutlich sah er Anna vor sich ... wie sie zuerst so wütend auf ihn gewesen war, wie sie sich dann aber doch wieder versöhnt hatten ... und Rüdiger, wie er an dem uralten Holzpult gesessen und aus der Familienchronik vorgelesen hatte ... und dann der Schwur ...
Leise sagte Anton ihn sich noch einmal auf: «Ich schwöre hier bei diesem Buch / zu schweigen bis zum Leichentuch. / Und sollte ich den Schwur mal brechen, / wird Dracula sich furchtbar rächen.»
Eigentlich klang er nicht wie ein echter alter Vampirschwur, fand Anton – eher wie ein Gedicht von Rüdiger.
Oder sollte er doch echt sein? Nachdem Anton den

Schwur noch einmal gesprochen hatte, kam es ihm plötzlich so vor, als würde das Brennen in seiner Hand nachlassen …

Ja! Das Brennen war nicht mehr da, und Antons linke Hand fühlte sich an wie immer!

Anton seufzte tief – und dann schlief er!

WUNDERLICH
Kinderbücher

Mit farbigen Zeichnungen
des Autors
64 Seiten.Gebunden

Illustrationen von
Reinhard Michl
128 Seiten mit farbigen
Zeichnungen
Gebunden

Illustrationen von
Hansjörg Langenfass
160 Seiten mit 15 Strich-
zeichnungen
Laminierter Pappband

Roald Dahl
Hexen hexen
Illustrationen von
Amelie Glienke
Deutsch von Sybil Gräfin
Schönfeldt
192 Seiten mit 90 Abbil-
dungen
Laminierter Pappband

Hermann Moers
Die Reise nach Unisonien
Eine phantastische Ge-
schichte. 160 Seiten mit
Illustrationen
Laminierter Pappband

C 2265/1

Schlafen und Träumen ist ja sehr schön, aber Einschlagen ist so schrecklich schwierig, daß man froh sein kann, wenn man auf dem Nachthemd diesen komischen grünen Fleck hat, der kein Fleck ist, sondern ein Drullnick. Ein Drullnick kann nämlich Menschen auf der Stelle einschlafen lassen. Das tut er auch überall, wenn man nicht auf ihn aufpaßt. Band 431

Bobo Siebenschläfer ist genau wie sie – die kleinen nimmermüden lieben Quälgeister so um die zwei Jahre, die an diesen leicht verständlichen Geschichten bereits viel Vergnügen haben. Band 416

Weißt du, wie sich ein Artist die Zähne putzt? Und wie ein Artist sich kämmt? Hör sie dir an, oder lies sie selber, die lustigen, manchmal nachdenklichen Geschichten aus dem Zirkus.
Band 393

Schon Zwei- und Dreijährige reagieren begeistert auf einfache Reime, sprechen sie nach, lernen sie im Handumdrehen und vergessen sie über Wochen und Monate nicht. Mit dieser Sammlung möchten die Herausgeber das Repertoire solcher Kleinkinder-Reime erweitern. Paul Maar zeichnete dazu viele anregende Bilder. Band 425

«29 Pfund Schafsahne»: das sind 29 witzighintersinnige Kurzgeschichten zum Lesen und Vorlesen. Sie machen Kindern ab 5 Spaß und regen zu Phantasie und kritischem Nachfragen an. Stefan Reisner ist vor allem durch seine Stücke für das GRIPS-Theater bekanntgeworden.
Band 438

«Wir bauen uns ein Tam-Tam!» beschließen die Tiere. Und der eitle Hase will nicht mitmachen? Alle sind empört. Um sie zu versöhnen, erzählt das pfiffige Langohr Geschichten: vom Krokodil, das falsche Tränen weint, von der listigen Schildkröte, der eingebildeten Fliege ... Hanna Hanisch hat alte Märchen aus nahen und fernen Ländern gesammelt und neu erzählt.
Band 420

«Ich sammle Wörter und behüte sie», sagt Roswitha, «und wenn ihr morgen oder übermorgen kommen wollt, habe ich sie bis dahin vielleicht schon sortiert, montiert, plaziert, arrangiert und formiert, und ich kann euch dazubitten.» «Ach, Roswitha, mach es nicht so kompliziert garniert», sagen wir, «und gib acht auf deinen Hut.» Band 444

C 2293/1

rotfuchs Spiele- und Beschäftigungs-bücher

Eine Kiste für junge Krimi-Fans, randvoll mit kleinen Gaunereien, großen Ganoven, Gangstern und Geheimnissen, Lug und Betrug. Verpackt mit vielen Kurzkrimis, Ratekrimis, Comics und Bildgeschichten. Riecht schwer nach Spannung und Unterhaltung – auch ohne Gewalt und Blutvergießen!
Band 409

Über 200 Seiten mit Witzen, Reimen, Rätseln, lustigen Geschichten und vielen, vielen Bildern. Die Witzekiste ist keine Mottenkiste. Zwar sind gute alte Witze dabei, aber vor allem neue: zum Schmunzeln, Leiselachen, zum Lautlachen, amüsierten Nachdenken. Tip: nicht mehr als zehn Witze nacheinander lesen. Sei der elfte noch so stark, er bringt dich nicht mehr zum Lachen. Band 253

Wird's in einem Kinderzimmer mucksmäuschenstill, dann sind die Kronenklauer drin. Dieses Buch kann man nämlich nicht nur lesen und anschauen. – Man kann vertauschte Bilder richtigstellen, reimen, falzen, Bilder ausmalen, neue zeichnen und sogar mit der Schere drin herumschnippeln.
Band 448

Kriminalkommissar Siegfried Knack ist Rätseln auf der Spur. Auf über 200 Seiten knobelt, drudelt, rätselt und rät der findige Kommissar. Die Witwe Simon hilft ihm bei seiner kniffeligen Beschäftigung. Gemeinsam knacken sie alle Rätselnüsse. Die leichten mit der linken Hand. Die schweren zähneknirschend. Am liebsten aber die lustigen. Denn bei diesem Rätselbuch darf auch gelacht werden.
Band 290

Zuerst lachen alle über Till, weil keiner es glauben kann. Aber dann entsteht nach und nach auf einem vorher ganz unnützen Plätzchen im Garten ein wunderschöner Teich – Treffpunkt für Fisch und Frosch und Wasserfloh, und den hat Till (fast) ganz allein angelegt. Band 411

In dieser «Zauberkiste» stecken: Knalltüten und Schmuggelkarten, hüpfende Armreifen und haarige Sachen, spielende Gaukler und kochende Hexen, eine Leseratte, ein Bücherwurm und noch viele äußerst geheime Geheimnisse. So wie ein echter Zaubermeister Tauben und Kaninchen aus dem Hut holt, so kann der Zauberlehrling mit ein wenig Simsalabim alles aus der Kiste zaubern.
Band 319

Alle reden vom sauren Regen, von Recycling, Biobrot, von Sonnenenergie und Windkraft. Aber wer weiß wirklich Bescheid? Mit über 100 Tips und Tricks, Rezepten, Bauanleitungen und Experimenten, meist nur für wenig Geld, mit Dingen, die es in jedem Haushalt gibt – und mit ein wenig Neugier natürlich – kommen wir hier der Natur auf die Spur.
Band 376